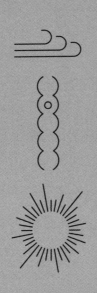

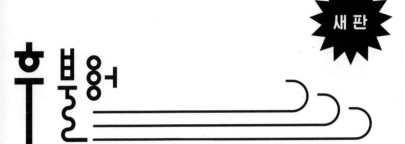

새 판

장세이 지음

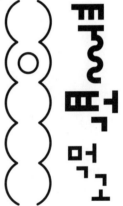

20가지 때
2000가지
의성의태어

+ 의성의태어 도표
의성의태어 동화

일러두기

_ 〈후 불어 꿀떡 먹고 꺽〉 새 판은 기존 책을 두루 고쳐 다듬은 새로운 책입니다.

_ 이 책에 나오는 의성의태어의 표기법과 뜻풀이는 국립국어원의 표준국어대사전을 따랐습니다.

_ 비슷한 뜻의 의성의태어일지라도 가급적 많이 싣고자 하였으나, 그 수가 너무 많을 때는 흔히 아는 말, 어감과 뜻이 잘 부합하기에 널리 살려 썼으면 하는 말 등을 우선으로 삼았습니다.

_ 본딧말에서 홀소리가 변하면서 어감이 미묘하게 달라진 작은말이나 큰말, 닿소리가 예사소리로 된 여린말이나 그에 반해 된소리로 된 센말, 본딧말을 줄인 준말 등도 위의 기준에 따라 골라 실었습니다.

_ 뜻풀이가 조금은 다르나 엇비슷한 뜻을 가진 의성의태어는 본뜻에서 벗어나지 않는 선에서 여러 단어를 묶어 설명했습니다. 미세한 뜻풀이의 차이를 낱낱이 밝히면 글이 지나치게 길어지기에 뜻이 다소 뭉뚱그려지더라도 전체 맥락을 이해하는 데 도움이 되도록 정리하였습니다.

아름답고, 쓸모 있기를

고백하건대, 의성의태어를 잘 몰랐다. 지금이라고 잘 아느냐, 하면 그도 아니다. 이 책을 쓰면서 의성의태어에 대해 몇 가지 사실을 새로 알고 바로 알았다.

의성의태어는 우리말이다. 부끄럽지만, 의성의태어의 얼마쯤은 한자(漢字)인 줄 알았다. 이 책의 본문에 소개한 의성의태어 갯수는 700여 개이고, 색인에 정리한 작은말과 큰말, 센말, 여린말, 준말 등까지 다하면 2천 여 개가 넘는다.

그 많은 단어가 모두 순우리말이며, 열아홉 개의 홀소리(자음), 스물한 개의 닿소리(모음), 마흔 개의 소리글자로 만들었다는 사실은 버젓해서 더욱 놀라웠다. 뜻글자가 아닌데도 제 뜻을 실어 펼치는 데 부족함이 없다는 점에서는 탄복 말고는 할 일이 없었다.

의성의태어는 원(圓)이다. 뜻과 꼴이 유기적으로 이어진다. 처음

들어도 그 뜻을 알 만하게 마침맞은 소리를 가졌고, 소리를 들으면 대번에 뜻이 그려진다. 꼴은 곧 어감과 이어지는데, 뜻이 순하면 말도 순하고 뜻이 거칠면 말도 거칠다.

발밤발밤, **보들보들**, **아기똥아기똥**, **앙글방글**처럼 느리거나 부드러운 뜻의 의성의태어는 어감 또한 순하고, **바득바득**, **와작박작**, **왜쪽왜쪽**, **씩뚝꺽뚝**처럼 어수선하거나 사나운 뜻을 가진 말은 어감도 그러하다. 앞선 말은 사탕처럼 입 속에서 구르는데, 뒤따르는 말은 여운 없이 툭툭 끊어진다.

의성의태어는 바람이다. '**팽** 쏜 총알처럼 재빨리 운동장 한 바퀴 **팽** 뛰고 나니 머리가 **팽** 돌아 이내 눈물이 **팽** 고여 코를 **팽** 풀었다.' **팽**처럼 의성의태어의 대부분은 뜻이 여럿이다. **쭉**은 무려 열네 개의 뜻을 가졌다(저자 소개에 나오는 **쭉**은 열한 번째 뜻 '같은 상태로 계속되는 모양'이다).

의성의태어는 바람처럼 문장에 제 몸을 맞춘다. 뜻에 맞게 길이도 유연하게 줄이고 늘인다. **꼭**, **꽉**, **꾹**, **똑**, **딱**, **뚝**, **싹**, **쩍**, **착**, **척**, **축**, **팍**, **퍽**, **픽**, **핑**, **확**, **홱**, **훅**, **휙**, **훙** 등은 한 글자로 표현하기에 알맞은 뜻이고, **꾸무럭꾸무럭**, **는지럭는지럭**처럼 굼뜬 말은 그 모습도 축축 늘어진다. 더불어 반복하면 할수록 뜻이 강조되는 의성의태어는 떠나지 않으나 머물지 않으며, 더불어 사라지지도 멈추지도 않는 바람 같은 말이다.

의성의태어는 노래다. 대체로 두세 음절로 된 의성의태어는 반복해 둘, 넷 또는 여섯 글자로 쓸 때가 많다. 하니 운율이 살아 있다.

"널찍널찍 널찍하네. **기름기름** 기름하네!"

노래인 양 곡조가 흐르는 말이다.

본문의 소제목으로 쓴 '맹꽁이는 **맹꽁징꽁**, 으아리는 **으밀아밀**' '시조새는 **시룽새룽**, 고래는 **고래고래**'도 흡사 동요의 노랫말 같다. 젊은이들이 좋아하는 랩을 짓기에도 그만이다.

'**느릿느릿** 통장 잔고 쌓여가면 / **애면글면** 살림살이 늘어가고 / **훌쩍훌쩍** 스트레스 높아지면 / **얼렁뚱땅** 이내 청춘 사라지고'.

의성의태어는 풍경이다. **가랑가랑**은 물이나 눈물이 가득한 모양을 이르는 의태어지만, 뒤이어 물이 출렁이는 소리나 슬픔을 억누르며 훌쩍이는 소리도 들려온다. 또 **무뚝무뚝**을 보면 이내 무를 뚝뚝 베어 먹는 소리와 무즙 떨어지는 소리가 떠오른다.

의성어도 마찬가지다. **꼬르륵**이라는 말을 들으면 대번에 허기진 얼굴이 그려진다. 이처럼 의성의태어는 짧으면 한 글자, 길어야 예닐곱 글자인데도 생동하는 하나의 풍경을 연출한다.

의성의태어는 우리다. 의성의태어에 대한 마지막 깨달음은 '중간이 없다'는 사실이다. 아예 없지는 않고 거의 없다. 대신 넘치거나 부족한 말은 수두룩하다. '일할 때'를 예로 들면 **건성건성, 어영부영, 엄벙덤벙, 흐지부지** 등 일을 못하는 모습을 표현하는 말은 많다.

뚝딱, **술술**, **착착** 같이 일을 잘해 나가는 말도 꽤 되는데, 적당히 일하는 말은 드물다. '먹을 때', '걸을 때'도 마찬가지다. 양이나 속도를 이를 때도 많거나 적고, 빠르거나 느린 말은 흔해도 적당한 정도를 표현하는 말은 귀하다. 극적인 소리와 모양이 표현하기에 좋고 적당하면 굳이 표현할 필요가 없기 때문이기도 하겠지만, 어쩌면 우리 삶이 그러하기 때문인지도 모른다.

이처럼 우리가 만드는 소리와 모양을 담은 의성의태어에는 자연스레 '우리'가 어려 있기에 의성의태어를 살피면 우리의 삶이 고스란히 들여다보인다.

1

일과

먹을 때

한 숟갈의 양

꺼귀꺼귀
아귀아귀
우걱우걱

꾸역꾸역　　　　**어기적어기적**　　　　**냠냠**
꿀걱　　　　　　　　　　　　　　　　**짭짭 쩝쩝**
　　　　　　　　　　　　　　　　　　팍팍 퍽퍽

꿀떡

깔짝깔짝
깨작깨작　　　　**오물오물**　　　　**야금야금**
꼴깍　　　　　　**우물우물**
꼴딱

**한 끼
섭취량**

굼뜨게 깨작깨작, 욕심껏 아귀아귀

●

먹을 때 소리가 나지 않는다면 어떨까. 오이를 베어 무는데 **아삭**, 새우튀김을 먹는데 **바삭**, 국물이 튕겨 나가도록 국수 가닥을 빨아 당기는데 **후루룩** 소리가 나지 않는다면? 아마도 먹을 맛이 확 줄 게다.

어금니를 맷돌 삼아 차진 밥알을 **쩝쩝** 짓찧는 소리, 설렁탕 국물을 **후** 불어 한 김 식히는 소리, 잘 익은 열무김치를 한 손에 들고 **와작** 씹어 먹는 소리를 상상하면 먹을 맛은 물론이고 나아가 살맛까지 돋아난다.

먹는 소리와 모양을 담은 의성의태어는 무척 많은데, 먹는 양과 먹는 태도, 먹는 사람의 연령과 음식의 종류 등에 따라 갈래지을 만하다. 먼저 먹는 양과 먹는 태도에 따라 나누자면, 먹는 양이 적고 먹는 태도가 가장 소극적인 말은 **깨작깨작, 깔짝깔짝**이다.

깨작깨작은 '깨지락깨지락'의 준말로 달갑지 않은 음식을 억지로 굼뜨게 먹을 때 쓴다. '달갑지 않은', '억지로', '굼뜨게' 등 부정의 뜻을 두루 품었기에 밥상머리의 '잔소리도둑'이 될 만하다. **깔짝깔짝**은 좀처럼 진전을 이루지 못하는 행태를 이르는데, 문제는 **깨작깨작**과 마찬가지로 보는 이의 입맛까지 떨어뜨려 욕을 자초한다는 점이다.

꾸역꾸역은 '음식 따위를 한꺼번에 입에 많이 넣고 잇따라 씹는 모양'을 뜻하는 의태어로 앞선 두 단어에 비하면 보다 적극성을 띤 태도이나 그렇다고 맛있게 먹는 태도는 또 아니다. 분명 음식이 입으로 들어가는 모습을 표현한 말인데 음식이 입에서 되나오는 모습이 연상되며 마지못해 억지로 먹는 인상을 준다.

이상의 세 단어는 뭐가 더 낫다고 하기 뭣하게 하나 같이 참 밥맛없(게 먹는)다. 다만 한 숟갈의 양만 놓고 보면 **꾸역꾸역**이 **깨작깨작**, **깔짝깔짝**보다 많지만, 한 끼 섭취량으로 치면 죄 고만고만하다. 모두 입맛이 없거나 밥투정을 하는 사람에게 쓰며, 주로 "○○○○ 먹지 말고 **팍팍** 좀 먹어"라는 잔소리를 달고 다닌다. **꾸역꾸역** 밥을 먹다 그 말을 들은 이는 왜 자신이 이리 먹을 수밖에 없는지, 입안의 꽉 찬 음식을 튀기며 항변하다 밥상을 엉망으로 만들거나 설움에 복받쳐 눈물을 떨구기도 한다.

지금까지와는 달리 비록 한 번에 먹는 양은 적지만 비로소 음식을 기꺼워하는 **야금야금**은 조금씩 꾸준히 먹을 때 쓰는데, 곶감 빼먹듯 부지불식간에 스리슬쩍 변하는 일에 두루 어울린다. **야금야금** 먹으면 애초의 의지와 달리 꽤 많은 양을 먹기도 한다.

오물오물·우물우물은 많지 않은 양의 음식을 '조금씩 혹은 오래' 씹을 때, **어기적어기적**은 걸을 때와 마찬가지로 입안 가득한 음식을 '천천히' 씹을 때 쓴다. **야금야금, 오물오물·우물우물, 어기적어기적** 중 한 숟갈의 양은 **어기적어기적**이, 한 끼 섭취량은 **야금야금**이 가장 많을 듯하다.

지금까지 '씹는' 말을 소개했다면 이번에는 '삼키는' 말이다. 꿀 바른 떡, 또는 꿀 든 떡, 곧 꿀떡의 동음이의어인 **꿀떡**은 '분한 마음을 겨우 삭이는 모양', '남의 것을 부당하게 제 것으로 만드는 모양' 등의 여러 뜻을 가졌는데, 음식물을 한꺼번에 삼킬 때도 쓰는 의성의태어다.

꼴깍·꼴딱은 한 번에 삼키는 음식의 양이 적은 데 비해 **꿀꺽**은 그 양이 많다. 뜻풀이에 명시된 대로 한 번에 삼키는 양을 기준으로 줄 세우면 **꼴깍·꼴딱 〈 꿀떡 〈 꿀꺽**이다. **꿀떡**처럼 정도나 양에 대한 명시가 없으면 많지도 적지도 않은 보통 정도인 경우가 많고, 실제 **꿀떡**이 등장하는 상황을 떠올려 보아도 그러하다.

입안에 음식을 가득 혹은 욕심껏 넣은 모습을 나타내는 의태어 중에는 까마귀 울음소리 같은 **꺼귀꺼귀**, 아귀의 큰 입에서 유래한 듯이 보이는 **아귀아귀**, 뭐든 주걱으로 마구 퍼먹을 듯한 **우걱우걱** 등이 있다.

모두 음식이 입안에 가득 찼다는 점에서는 닮았지만, 씹는 속도와 태도는 저마다 다르다. **꺼귀꺼귀**는 천천히, **아귀아귀**는 마구, **우걱우걱**은 거칠고 급하게 먹는다. 두 볼 가득 도토리를 채운 다람쥐를 연상시키는 세 의태어 모두 먹는 양이 많고 의욕이 넘친다는 점에서 **깨작깨작**, **깔짝깔짝**과는 정반대라 하겠다. 세 단어와 닮은 또 다른 의태어 **팍팍**은 콩나물 무칠 때뿐 아니라 잘 먹을 때도 쓰는데 이 또한 **꾸역꾸역**과 달리 윗사람에게 박수 받는 태도다.

이와 유사한 상황에서 '게걸스레'를 쓰기도 하는데, 이때의 '게걸스레'는 '게걸스럽다'가 변형된 부사지만 의성의태어는 아니다. 여기서 '게걸'은 염치없이 마구 먹거나 가지려고 탐내는 모습을 이르는 명사로, 먹는 태도는 몰라도 부끄러워하는 마음, 곧 염치(廉恥)가 없으니 가히 좋은 태도는 아니다. 또 '게걸'을 반복한 '게걸게걸'은 상스러운 말로 소리를 지르며 불평스럽게 자꾸 떠드는 모습을 이르는 전혀 다른 뜻의 말이므로 주의해야 한다.

요컨대 음식을 많이 먹는 의태어는 하나같이 다소곳하지 않다. 설령 **쫄쫄** 굶은 상태라고 해도 **꺼귀꺼귀**, **아귀아귀**, **우걱우걱** 먹는 모습은 **깨작깨작**, **깔짝깔짝**만큼이나 권장할 만한 태도는 아니다. 선(善)도 과하면 폐가 된다고들 하는데, 하물며 음식이 과하면 어떠하겠는가.

소리의 크기 ↑

과일·채소	질긴 음식	면·액체	속이 끓거나 게우는 소리
아드득 으드득		벌컥벌컥	아그르르
무뚝무뚝 와작 우적우적 우직우직	질겅질겅	호록 호로록 후룩 후루룩	올각올각 울컥울컥 월떡월떡
아작 오도독 우두둑	질근질근	쭉 훅	왝 웩
사각 서걱 아삭 아사삭	잘근잘근	후	달달 딸딸

→ **음식의 종류**

후 불어 쩝쩝 먹고 끅!

•

이제 좀 제대로 먹어 보자. 먹는 사람의 나이나 먹는 음식의 종류에 따라서도 의성의태어는 달라지는데, 아이에게 밥을 떠먹일 때 자주 등장하는 **냠냠**은 어린이가 무언가 맛있게 먹을 때 쓴다. 또 '냠냠거리다, 냠냠대다, 냠냠하다' 등의 동사와도 잇닿는다. 딱히 행위자의 연령 규정이 없는 **짭짭·쩝쩝**은 입맛을 다시거나 음식을 마구 먹을 때 쓴다.

음식에 따라 달리 쓰는 의성의태어는 음식의 종류만큼 다양한데, 특히 채소나 과일, 과자에 맞춤한 표현이 많다. **사각·서걱**이 대표격이다. 채소나 과일이 싱싱할 때는 **아삭·아사삭**이라 한다. **아삭**과 비슷한 발음의 **아작**은 조금 단단한 물건을 깨물 때 나는 소리를 표현하며, 널리 쓰는 '아작 나다·아작 내다'는 **아작**의 뜻을 이어받긴 했으나 모두 비표준어다. 참고로 완전히 깨어지거나 부서지고 망가졌다고 표현할 때는 '작살나다', '결딴나다' 등을 추천한다. 그러고 보니 작살이나 결딴처럼 후들거리는 말과 어깨를 나란히 하기에 **아작**은 너무 싱그럽다.

오도독은 작고 단단한 음식을, **오도독**보다 강한 **우적우적**은 단단하고 질긴 물체를 마구 깨물어 씹을 때 쓴다. 풋고추나 오이에는 **우직우직**, 그보다 단단한 김치와 무를 씹을 때는 **와작**이 적당하다. 음식 말고 단단한 물체를 깨물 때는 **우두둑**, 그 물건이 작고 단단하다면 아드득, 매우 단단하다면 **으드득**이라 표현한다.

칡뿌리나 껌 같이 질긴 음식을 씹을 때는 **잘근잘근·질근질근·질경질경**을 쓰는데, 씹는 대상이 음식이 아니라 사람일 때도 있다. 사람을 껌처럼 씹다니 칡을 씹은 양 뒷맛이 씁쓸하다.

큰 덩어리의 음식을 큼직하게 부러뜨리거나 베어 먹을 때는 흔히 **뚝뚝**을 떠올리지만, '무뚝뚝'을 연상시키는 **무뚝무뚝**이라는 재미난 표현도 있다. 밭에서 막 뽑아 든 무를 그 자리에서 뚝뚝 베어 먹는 모습을 줄인 듯해 정겨운 말이다.

면류나 액체류를 먹을 때는 **후** 불어 한 김 식히는 경우가 많다. **후**는 입을 동글게 오므려 내밀고 입김을 내뿜는 말로, 딱히 음식을 식힌다는 뜻은 없으나 통상 그리 쓴다. 면류는 면발에 묻은 국물 덕에 빨리 넘어가며 **호록·호로록·후룩·후루룩** 소리도 난다.

그중에서도 **호로록**은 먹성 좋은 한 개그우먼 덕분에 몇 년 전부터 유독 사랑받아 왔다. 그녀가 유행시킨 일명 '식탐송'은 널리 알려진 노래를 '언제 어디서나, 뭐든 잘 먹는다'는 주제로 개사해 더욱 친근하고 흥미롭다. 이를테면 '개울가에 올챙이 한 마리 호로록! / 뒷다리를 호로록! 앞다리를 호로록! / 팔딱팔딱 개구리를 호로록!' 같은 식이다. 한 가지 지적하자면 개구리는 양서류이지, 면류나 액체류가 아니기 때문에 **호로록**보다는 **꿀떡**이 알맞다.

물을 포함해 액체류를 단숨에 마시는 **쭉**과 **훅**은 별다른 도움 없이도 쭉 사랑받는 말이다. **홀짝홀짝**은 적은 양의 액체를 남김없이 들이마실 때 쓰는 의성의태어로, 많은 양을 조금씩 나누어 먹을 때 자주 쓴다. **홀짝홀짝**이 **야금야금**과 대구를 이루는 말이라면, 음료나 술을 거침없이 먹는 **벌컥벌컥**은 **우걱우걱**에 비견할 만하다.

꾸역꾸역 먹으면 결국 탈이 나곤 하는데 **쩝쩝** 잘 먹고도 소화가 안될 때가 있다. **꼬르륵** 소리에 허겁지겁 먹을 때도 체하기 일쑤다. 속이 울렁거리거나 음식을 게우는 의성의태어도 여럿인데, 먼저 기름진 정도가 심한 **니글니글**은 속이 편치 않을 때도 쓴다. **느글느글**, **매슥매슥·메슥메슥** 모두 곧 게울 듯 속이 울렁거리는 모습이다. **돨돨·똴똴**은 배 속이 끓는 소리로, 실제 배에서 난다면 참으로 신기할 소리다. 다소 낯선 <u>으그르르</u>는 먹은 음식이 목구멍까지 끓어 올라오는 소리로 상당히 심각한 상태일 테다.

<u>으그르르</u> 다음에는 이제 **왝·웩** 토하는 소리가 이어지리라. 눈물이 쏟아지려 할 때만 쓰는 줄 알았던 **울컥울컥**은 음식을 게우는 모습도 표현한다. 비슷한 말로는 **올각올각·월떡월떡**이 있는데 상체로 '물결춤'을 추며 발음하면 보다 실감난다.

속이 불편한 상황과 달리 소화가 잘될 때 나는 소리는 무척 친근하다. 터질 듯한 배를 꺼뜨리는 반가운 한 마디, **꺽**!

호랑이의
채식 선언

오늘은 호랑이의 백 살 생일입니다. 호랑이는 들뜬 표정인데, 생일잔치
에 초대 받은 동물들은 하나같이 겁에 질린 얼굴입니다.

"그동안 너희를 마구 먹어 치워 미안했다. 백 살이 된 기념으로 이제부
터 채식을 하기로 했다. 해서 올해 생일상에는 신선한 채소와 과일만 준
비했으니 겁먹지 말고 마음껏 즐겨라."

생일잔치에 참석은 했지만 동물들은 호랑이의 기색을 살피며 쭈뼛거릴
뿐, 선뜻 자리에 앉지 못했습니다. 언제 호랑이가 돌변할지 모른다는 생
각에 다들 불안한 표정이었지요.

"백 살이 된다고 호랑이가 기린이 되는 건 아니잖아!"

"아무리 늙은 호랑이라도 채식을 하는 게 말이 되냐 말이야!"

기린은 최대한 목을 낮추어 옆자리의 얼룩말과 불안한 대화를 나누었습
니다.

혹시 모르니 호랑이와 제일 먼 자리에 앉은 기린과 얼룩말의 얼굴에는
긴장한 티가 역력했어요. 결국 손님들의 불편한 낌새를 눈치챈 호랑이는

보란 듯이 당근을 덥석 집어 들었습니다. 그리고는 **와작** 소리가 나도록 크게 베어 물었죠.

아침나절, 밭에서 따온 무는 꽤나 달고 시원해 기분이 좋았습니다. 신이 난 호랑이는 입을 크게 벌려 큰 무를 **무뚝무뚝** 베어 먹었습니다. 무즙이 뚝뚝 떨어지도록 무를 맛나게 먹은 호랑이가 이번에는 오이를 **뚝뚝** 끊어 먹었어요. 오이를 씹자 **아사삭** 소리와 함께 싱그러운 오이 향이 삽시에 사방으로 번졌습니다.

호랑이가 당근과 무, 게다가 오이까지 맛나게 먹는 모습에 불안해하던 동물들도 하나둘 **쩝쩝** 입맛을 다시기 시작했습니다. 그때를 놓치지 않고 호랑이가 외쳤습니다.

"망설이지 말고 마음껏 먹어라. 채소가 이리 맛있는 줄 알았다면 진작 채식을 할 걸. 그간 왜 아무도 말해 주지 않았느냐? 혹 내가 싹 다 먹어 치울까 봐 그런 거야? 껄껄!"

호탕하게 웃은 호랑이는 껍질도 벗기지 않은 황금향을 통째 **우적우적** 씹다가 이내 **꿀떡** 삼켰습니다. 커다란 수박 한 통을 앞발로 내리쳐 박살을 내더니 잘 익은 속살을 속속 골라 먹기도 했죠. **서걱서걱** 수박 베어 먹는 소리는 참으로 시원했습니다.

그 모습에 한시름 놓은 기린은 제 앞에 놓인 건초를 **질근질근** 씹기 시작했고, 얼룩말도 용기를 내어 사과를 **와삭** 베어 물었습니다. 조심스럽게 했는데도 사방이 하도 조용해 **아삭** 소리가 사방에 메아리쳤지요.

다람쥐는 호랑이가 깨뜨린 수박 조각 하나를 주워 들고 **오물오물** 야무지게 갉아먹었습니다. 다른 동물들도 하나둘 제 앞에 놓인 채소와 과일을 **야금야금** 먹기 시작했죠. **짭짭** 맛난 소리에 긴장된 분위기도 점점 누그러졌습니다.

허겁지겁 달려온 아기 코끼리가 코코넛에 코를 박고 **쭉쭉** 빨아 먹는 모습에는 모두 한바탕 웃었습니다. 화기애애한 분위기가 무르익는 와중, 갑자기 호랑이가 주위를 두리번거렸습니다.

"어째서 토끼와 사슴이 보이지 않느냐? 먹성 좋은 두 녀석을 위해 특별히 유기농 채소와 과일을 잔뜩 마련했거늘."

호랑이의 심기가 불편해질까 봐 지레 겁먹은 동물들은 날쌘 원숭이에게어서 토끼와 사슴을 찾아오라고 했습니다. 호랑이의 채식 선언을 믿을 수 없다며 먼 숲으로 떠나려던 토끼와 사슴은 불행히도 막 숲을 벗어나던 찰나, 원숭이에게 붙잡히고 말았습니다.

원숭이에게 뒷덜미를 잡힌 토끼와 사슴은 놀란 눈을 한 채 호랑이의 옆

자리에 앉았습니다. 호랑이는 토끼와 사슴 앞으로 채소와 과일이 듬뿍 담긴 바구니를 들이밀며 권했지만, 둘은 영 입맛이 없어 보였습니다.

토끼는 마지못해 바구니에서 자두 한 알을 집어 들고는 **깨작깨작**, 사슴은 호랑이의 눈치를 보며 곰취 한 줌을 입에 가득 넣고는 **꾸역꾸역** 먹었어요. 호랑이는 그런 토끼와 사슴의 태도가 못마땅했습니다.

"좀 **팍팍** 먹도록 해라. 너희들을 위해 준비한 음식이니 하나도 남겨선 안 된다!"

산더미처럼 쌓인 채소와 과일을 올려다보던 토끼와 사슴은 급체한 듯 얼굴이 하얘졌습니다. 호랑이는 슬슬 화가 났지만, 좋은 날 큰소리 내지 말자며 스스로 마음을 다스렸죠.

많이 먹으라며 호랑이가 어깨를 토닥이자, 토끼는 물고 있던 자두를 씹지도 않고 **꿀꺽** 삼켰어요. 사슴은 손에 잡히는 대로 아무 거나 **질겅질겅** 씹다가 식탁 깔개까지 먹어 치워 버렸고요.

곧 토끼의 배에서는 **으그르르** 우레 같은 소리가 났습니다. **메슥메슥** 속이 울렁거리던 사슴도 **월떡월떡** 토하기 시작했습니다. 사슴의 토사물에는 두꺼운 깔개 조각이 마구 뒤섞여 있었죠. 호랑이가 등을 두드려 주자, 당황한 사슴은 호랑이의 얼굴에다 대고 **웩** 토를 하고 말았어요. 순간 호랑이는 화가 치밀어 올랐습니다. 붉으락푸르락 열띤 호랑이의 모습에 동물들은 슬슬 뒷걸음질쳤습니다.

때마침 바닥에 떨어진 복숭아를 주우러 식탁 밑으로 들어간 염소의 뿔에 걸려 생일상이 뒤집어지고 말았죠. 잘 차린 과일과 채소는 땅바닥으로 우르르 떨어졌고, 놀라 날뛰는 동물들에게 밟혀 곤죽이 되고 말았습니다. 호랑이는 엉망진창이 된 생일상을 보며 나직하게 말했습니다.

"정녕 내 말을 못 믿겠단 말이지. 그래, 내 너희 뜻대로 해 주마!"

끝내 호랑이는 동물들을 닥치는 대로 잡아먹었습니다. **으드득** 뼈 바스라지는 소리가 공중에 울렸지요. 생일상이 차려졌던 자리는 곧 피바다가 되었습니다.

다행히 토끼와 사슴만은 용케 화를 면했습니다. 성난 호랑이가 숲 속 친구들을 잡아먹는 잔혹한 모습에 놀란 토끼는 한달음에 머나먼 달나라까지 도망갔고, 뿔까지 하얗게 질린 사슴은 백록(白鹿)이 되어 한라산 꼭대기로 달아났기 때문이죠.

그날 이후, 달토끼는 밤마다 그날의 끔찍한 기억을 떡쌀과 함께 떡방아에 넣어 찧었고, 백록은 한라산 만년설에 숨어 살며 다시는 숲에 내려오지 않았습니다.

걸을 때

걷는 속도

조금 느린

느린

매우 느린

타박타박
터벅터벅

타박타박
타달타달
터덜터덜

어정버정　　흘쩍흘쩍　　어슷어슷　　탈탈
　　　　　　　　　　　　털썩털썩　　털털

기엄기엄
엉거주춤
주춤주춤

일없이　　일부러　　힘없이　　나른하게

비틀거리며	단출하게	팔을 휘저으며	몸을 흔들며	그냥 느리게
뒤뚱뒤뚱 아즐아즐		해죽해죽 혜적혜적	아장아장	살살
뒤뚱뒤뚱 비뚝비뚝 절뚝절뚝	달래달래	휘적휘적	아기똥아기똥 어기뚱어기뚱	느실느실
비틀비틀 절룩절룩 허정허정 휘청휘청	털레털레		어기적어기적 어정어정	느릿느릿 엉금엉금

걷는 태도

느긋이 발밤발밤, 가벼이 풀떡풀떡

●

우리는 매일 걷는다. 걸을 때마다 걷는 이유와 걷는 속도에 따라 걷는 소리와 모양은 달라진다. 걷는 모습을 표현하는 의성의태어는 크게 느린 걸음, 가벼운 걸음, 빠른 걸음 등 걸음의 빠르기를 기준으로 나눌 수 있는데, 뜻풀이 상 천천한 걸음은 어감과 실제 사용하는 상황 등에 따라 느린 걸음 또는 가벼운 걸음으로 분류했다.

먼저 수수께끼 하나! 춤은 춤인데 전혀 신명 나지 않은 춤은? **엉거주춤**과 **주춤주춤**이다. 둘 다 망설이며 머뭇거리느라 걷지 않기에 걸음보다는 춤의 범주에 넣을 만하다. 기거나 기는 듯한 **기엄기엄** 역시 걸음이라 보기는 어렵다.

엉금엉금부터가 비로소 느린 걸음에 속한다. **어정버정**은 일 없이 천천히 걷는 모습이다. 정처 없이 느리게 걸으니 마냥 자유롭기도, 자칫하면 쓸쓸해 보이기도 한 걸음. **어슬어슬·어슬렁어슬렁, 어정어정**은 몸집이나 키가 큰 사람, 혹은 짐승의 천천한 걸음이다. 어슬어슬·어슬렁어슬렁은 몸까지 흔들어야 하니 여유작작해 보인다. 훌쩍훌쩍 우느라 그런 건지 일부러 걸음을 느릿느릿 걷는 **훌쩍훌쩍**도 느린 걸음의 일종이다.

비틀거리거나 절룩거리는 걸음을 담은 의성의태어도 여럿이다. **배틀배틀·비틀비틀**, **배트작배트작·비트적비트적**처럼 몸을 제대로 가누지 못하고 쓰러질 듯 걷는 걸음, **배뚝배뚝·비뚝비뚝**처럼 조금씩 흔들거리며 걷는 걸음으로 모두 속도가 느리다.

걸음이 느린 이유는 여럿인데, 느림이 삶의 기치라서가 아니라 대부분 그냥 '힘이 없어서'다. 드물게 '게으르거나 단출해서', '지치거나 나른해서'일 때도 있다. 채소 썰 때 자주 쓰는 **어슷어슷**을 비롯해 **타박타박·터벅터벅**, **타발타발·터벌터벌**은 어떤 이유인지 몰라도 유독 다리에 힘이 없다.

정말 다리가 아파 그럴 수도, 기운이 빠지면서 다리에 힘이 빠져 그런지도 모르겠다. 살다 보면 기운 빠지는 일이 하도 많으니 저리 걷는 모습도 흔히 보인다. 거기서 더욱 기운이 빠지면 비틀거릴 정도로 **허정허정·휘청휘청** 걷기도 한다.

지치거나 나른한 연유로 느리게 걷는 **타달타달·터덜터덜·타닥타닥**, **탈탈·털털**은 고개도 떨구고 두 팔도 쭉 내리면 그 뜻이 배가된다. 시험을 망친 중학생, 매달 월급보다 대출 이자가 많은 직장인, 퇴직금 날린 노부부의 발걸음이 그렇지 않을까.

똑같이 힘없는 걸음이래도 몸이 단출해 건들건들 걷는 **달래달래·털레털레**는 두 팔을 휘저으며 걷는 **휘적휘적**과는 영 다른 분위기다. **휘적휘적**처럼 활개를 벌려 가벼이 걷는 모습으로는 **해작해작·**

헤적헤적·해죽해죽도 있다. 이 걸음에는 어쩐지 귀엽게 살짝 웃는 '해죽해죽'이 어울릴 듯하다.

느실느실처럼 까닭을 밝히지 않고 그냥 느릿느릿 걷는 모양을 뜻하는 두 단어는 느리게 걷는 연유 대신 독특한 전제가 달린다. '작은 몸을 좌우로 둔하게 움직이며' 걷는 **아기뚱아기뚱**은 아기의 걸음을 연상시킨다. **어기뚱어기뚱**은 키가 큰 사람이 그리 걷는 모습으로, 팔다리를 부자연스럽게 크게 움직이며 천천히 걷는 **어기적어기적**에 가까운 말이다.

느린 걸음보다 빠르고, 빠른 걸음보다 느리다 할 가벼운 걸음을 표현한 의성의태어 중에서 가장 많이 쓰는 말은 단연 **아장아장**이다. 키가 작은 사람이나 짐승이 이리저리 찬찬히 걸을 때 쓰는 **아장아장**은 신장보다는 연령과 더 밀접한지 아이에게 잘 어울린다.

찬찬한 걸음이나 가벼운 걸음을 담은 말은 대체로 발음이 부드럽다. 모 없이 동글동글하다. **살살**은 조심스러운 걸음, **사뿐사뿐**은 소리가 나지 않을 정도로 가벼운 걸음, **살망살망**은 살망한(아랫도리가 가늘고 어울리지 않게 조금 긴) 다리를 가볍게 들어 옮기는 걸음, **발밤발밤**은 한 걸음 한 걸음 천천한 걸음, **발밤발밤**과 비슷한 **발맘발맘**은 한 발이나 한 걸음의 길이나 거리를 가늠하며 걷는 걸음, 또는 자국을 살피며 따라가는 천천한 걸음이다. **발밤발밤**은 해질녘 느긋이 동네 마실에 나선 할머니의 걸음, **발맘발맘**은 할머니 발자국을 따라 걷는 어린 손녀의 걸음 같다.

남이 알아차리지 못하도록 눈치를 살피면서 살며시 행동하는 **살금살금**은 딱히 걷는 모습을 뜻하는 말은 아니지만 '걷다', '기다' 등 주로 걸음을 표현하는 서술어를 동반한다. **상큼·성큼**은 다리를 높이 들어 떼어 놓는 모양으로, 가볍고 힘찬 걸음이되 걸음이 작은 **앙큼상큼**, 가볍고 힘찬 걸음이되 걸음이 큰 **엉큼성큼**과 통한다. 가벼운 발소리로 가만가만 걷는 **자박자박**도 가벼운 걸음에 속한다. 이처럼 가벼운 걸음은 하나같이 무용의 한 동작처럼 아름답고 경쾌하다.

이제 속도를 좀 높여 보자. 바쁜 걸음은 뚜렷한 발자취를 남긴다. 구둣발로 단단한 바닥을 급히 걸어가는 **또각또각**, 발자국 소리가 또(뚜)렷한 **또박또박·뚜벅뚜벅**, 발을 크고 묵직하게 내딛는 **저벅저벅**, 잰걸음으로 바삐 걷는 **종종·총총**은 하나같이 발음도 똑똑하고 분명하다.

헐레벌떡 가쁘고 거칠게 숨 쉬는 이유는 보통 급히 걷거나 달렸기 때문으로, **헐레벌떡** 달려 온 사람은 왠지 출발 전에도 앉은 자리에서 벌떡 일어났을 듯하다. 바쁜 걸음을 나타내는 말은 느린 걸음과 가벼운 걸음에 비하면 그 수가 얼마 되지 않는데도 일상에서 자주 쓴다. 그만큼 우리는 어딘가 바삐 가는 모양이다.

빠른 걸음이 빨라지면 그게 곧 뛰기다. 뛰기와 관련한 의태어는 사람보다 잘 뛰는 동물이나 곤충에 어울리는 말이 많다. 뛰는 모양은 걷는 모양과 달리 가볍게 뛰는 모양과 힘 있게 뛰는 모양, 탄력 있게 뛰는 모양으로 나뉜다. 가벼운 뛰기 중에 **강동강동**은 조금 짧은 다리로, **겅둥겅둥**은 긴 다리로 가볍게 뛴다. 힘 있게 뛰기를 대표하는 **강중강중·깡충깡충**은 짧은 다리를 모으고, **겅중겅중·껑충껑충**은 긴 다리를 모으고 솟구쳐 뛴다.

작은 것이 세차고 가볍게 뛰어오르면 **폴짝**, 약간 크고 무거운 것이 세차고 둔하게 뛰어오르면 **풀쩍**이다. 가볍게 힘 있게 뛰는 **팔짝**, 작고 탄력 있게 뛰는 **팔딱**, 크고 탄력 있게 뛰는 **펄떡**도 있다. **풀쩍**과 **펄떡**에서 한 글자씩 따온 듯한 **풀떡**은 뜻도 뒤섞였는지 '힘을 모아 가볍게 한 번 뛰는 모양'이다.

어찌하면 힘을 모아 가볍게 '푸~울'에 날고 '떡!'에 내려앉을까. 누가 그렇게 뛰었더라, 되짚어 보니 밑들이메뚜기와 북방산개구리가 딱 그리 뛴다. 아무래도 **풀떡**은 사람이 먹는 떡은 아닌가 보다.

Land is Island

태초에 하나의 섬이 있었습니다. 섬은 그 자체로 거대한 숲이었지요. 바닥에는 이끼가 가득하고, 공중에는 키 작은 나무와 키 큰 나무가 어우러져 풍요로웠습니다. 우거진 숲에는 수많은 새와 곤충, 동물이 깃들어 살았습니다.

특이하게 모든 생물은 종(種)마다 단 하나의 개체만 존재해 서로 소통할 수 없었습니다. 모두 다른 언어를 가졌기 때문이지요.

어느 날, 숲에서 유일하게 모든 생물과 소통하는 큰 나무가 말했습니다.

"모두 내 그림자 아래 모이거라!"

숲의 가장 높은 곳에 사는 큰 나무의 그림자는 바닷가까지 드리워졌습니다.

"지금 서 있는 곳에서 출발해 다시 그곳으로 돌아오면 내 너희에게 큰 상을 주겠노라."

동물들은 큰 나무의 제안에 웅성거렸습니다. 특이하게도 하나같이 혼잣말이었죠.

"단, 한 가지 조건이 있다. 반드시 자기 속도대로 걸어서 섬을 돌되 절대 뛰어서도, 그렇다고 멈추어서도 안 된다."

선물이 무엇인지 궁금했지만 큰 나무는 알려 주지 않았어요. 다음 날, 큰 나무가 온 가지를 흔드는 것을 신호로 숲 속 동물들은 하나둘 길을 떠났습니다. 맨 처음 길을 나선 동물은 원숭이였습니다.

잠이 덜 깬 채 절룩거리며 **비척비척** 걸어가는 원숭이 뒤로 오랑우탄이 **어기적어기적** 걸어갔습니다. 얼결에 출발한 동물들은 처음에는 다들 **느릿느릿** 힘없이 걸었지요. 나무늘보는 거의 기다시피 **기엄기엄**, 거북이는 **엉금엉금**, 악어는 **어슬어슬**, 낙타는 **타닥타닥**, 조랑말은 터덜터덜, 노루는 **휘청휘청** 걸었습니다. 배고픈 사자는 **허정허정**, 졸린 호랑이는 털레털레 걸었고, 그 뒤를 반달가슴곰이 두 팔을 휘저으며 **휘적휘적** 따랐습니다.

뒤늦게 출발한 고슴도치는 부지런히 **아기똥아기똥**, 오리는 고슴도치의 가시에 찔리지 않게 조심히 **뒤뚱뒤뚱** 걸었습니다. 우아한 공작은 **사뿐사뿐**, 다리 긴 타조는 **살망살망** 아름답게 한 발 한 발 내디뎠습니다.

닭과 거위는 타조의 거친 발에 밟히지 않으려 **살살** 걷고, 여우는 작은 걸음으로 **앙큼상큼**, 코끼리는 큰 걸음으로 엉큼성큼 걸었답니다. 다른 동물보다 체구가 작은 미어캣은 **종종**, 다람쥐는 **총총** 걸었고요. 행렬의 맨 뒤에 선 사람도 **발맘발맘** 섬을 돌았습니다.

모두 다른 속도로 걸었지만, 큰 나무가 말한 대로 누구도 뛰거나 멈추지 않았습니다. 그리고 다음날, 다시 큰 나무 그림자로 돌아오자 한 마리였던 동물은 두 마리로 불어났습니다. 다람쥐도 두 마리, 여우도 두 마리, 낙타도 두 마리가 되었지요. 큰 나무가 말한 선물은 같은 종의 동물 한 마리였습니다.

동물들은 모두 기뻐하며 소리를 지르며 **팔짝팔짝** 뛰었습니다. 드디어 말이 통하는 친구가 생겼으니 얼마나 좋을까요. 동물들은 새 친구와 처음으로 즐거운 대화를 나누었습니다.

다음 날 짝을 이룬 두 마리 동물은 다시 큰 나무 아래 모였습니다. 사람도 제 짝을 데리고 나타났습니다. 모두 큰 나무에게 고맙다는 인사를 건넸습니다. 큰 나무는 어제와 같은 말을 되풀이했습니다.

"내 그림자에서 출발해 다시 그곳으로 돌아오면 내 너희에게 다시 큰 상을 주겠노라."

동물들은 밝은 얼굴로 길을 떠났습니다. 지난번처럼 다시 그림자로 돌아왔을 때는 또 새 친구가 생겨났지요. 그 다음날 아침에도 동물들은 큰 나무 그림자로 모여들었습니다. 이제 한 종 당 셋이 된 채였지요.

이번에도 사람은 맨 뒤에 섰는데 어쩐 일인지 여섯이어야 할 다리가 아홉이지 않겠어요. 지팡이를 짚고 걸으면 좀 더 편하리라며 긴 나뭇가지를 하나씩 쥐었기 때문이었습니다. 그렇게 사람은 다섯 명이 되자 아예 숲 바닥에 떨어진 나무를 모아 수레를 만들었습니다.

한 사람이 수레를 끌고 다른 사람은 수레에 올라탔습니다. 길만큼 폭이 넓은 수레가 지날 때마다 다른 동물들은 길을 비켜 주어야 했습니다. 하마와 사자는 수레를 피하다가 낭떠러지로 떨어질 뻔한 적도 있어요. 또 수레가 웅덩이를 지날 때면 미어캣과 다람쥐는 흙탕물을 흠뻑 뒤집어쓰기도 했습니다.

사람은 점점 더 편하게 걷는 방법을 고안했습니다. 어느 날에는 난데없이 길에 큰 돌을 깔았습니다. 울퉁불퉁한 돌을 깎아 넓고 평평하게 만들어 수레가 보다 편하게 지날 수 있게 만들었죠. 사람의 수가 늘어나면서 수레도 점점 커졌습니다.

그러다 떨어진 나뭇가지로는 부족해 살아 있는 나무를 베기 시작했습니다. 사람이 길을 까느라 돌을 가져가고, 수레를 만드느라 나무를 베는 바람에 산은 조금씩 파헤쳐졌습니다.

큰 나무의 말을 따라 처음에는 제 속도대로 걷던 사람은 길이 닦이고 수레가 튼튼해지자 빠르게 달리기 시작했습니다. 그런 탓에 온 산에는 소음과 먼지가 일었습니다.

보다 못한 큰 나무가 사람을 나무랐습니다.

"내 분명 제 속도로 걸으라 했거늘 너는 어찌하여 그리하느냐?"

"언제까지 걸을 순 없잖아요. 될 수 있는데 왜 걸어야 하지요?"

"어리석은 사람이여, 이제 너에게는 어떤 상도 내리지 않겠다!"

사람은 큰 나무의 말에 피식 웃더니 다음날부터 아예 나타나지 않았습니다. 대신 숲의 나무를 베어 불을 피우고 집을 지어 머물러 살았습니다. 벽을 쌓고 담을 높여 외따로 살다가 활과 살을 만들어 다른 동물을 해치기 시작했습니다.

숲의 생명은 사람의 손에 하나둘 사라지다 결국 멸종하기에 이르렀습니다. 마지막까지 살아남은 큰 나무마저 쓰러진 날, 섬에는 오로지 사람만이 남았습니다.

말할 때

따따부따
땍땍 떼떽

수군덕수군덕　　　　구시렁구시렁　　　볼똥볼똥
　수군숙덕　　　　　　　들먹들먹　　　　불퉁불퉁
　숙덕숙덕　　　　　　　　　　　　　　씨부렁씨부렁
　　　　　　　　　　　　　　　　　　씨불씨불

　　　　　　　　　　　　　　　　　　씩둑꺽둑
　수군수군　　　　　　　나불나불　　　씩둑씩둑
　시시덕시시덕　　　　주저리주저리　　지지재재

　　　　　　　　　　　　　　　　　　새롱새롱
　주절주절　　　　　　　　　　　　　시룽시룽

소리의
크기

맹꽁이는 맹꽁징꽁, 으아리는 으밀아밀

●

걷기가 걸음의 빠르기로 나누어지듯 말하기는 목소리의 크기로 나누어진다. 작거나 낮은 목소리와 시끄럽게 떠들거나 지껄이는 큰 목소리, 크게 두 묶음으로 갈래지을 수 있다.

작은 목소리로 이야기하는 의성의태어의 뜻풀이는 '남이 잘 알아듣지 못하도록'이라는 말로 시작하는 경우가 많다. 여기서 '남'은 '자기 이외의 다른 사람'이라는 사전적 의미가 아니라 '대화를 나누는 사람 이외의 사람'을 이른다.

일상에서 자주 쓰는 **중얼중얼**이나 **속닥속닥·숙덕숙덕** 모두 남이 알아듣지 못하도록 하는 말이지만, 남이 다 알아듣는 이유다. 남이 알아듣지 못하도록 작거나 낮은 목소리로 이야기한다는 점은 똑같은데 이야기하는 태도가 조금씩 다른 말은 많다.

중얼중얼과 달리 **속닥속닥·숙덕숙덕**은 '은밀하게' 말한다. **중얼중얼**은 제삼자는 물론이고 상대와 무관하게 혼잣말을 하고, **속닥속닥·숙덕숙덕**은 제삼자를 의식해 상대방에게만 제 뜻이나 정보를 전달하는 점이 다르다.

태도가 불만스러우면 **꿍얼꿍얼**, 여기에 좀스러움를 더하면 꽁알꽁알, 불평을 늘어놓으면 **투덜투덜**, 자질구레하면 **속살속살**, 어수선하면 **수군숙덕·수군덕수군덕**이다. 말하는 태도를 보면 남이 알아듣지 못하도록 낮은 목소리로 말하는 이유를 알 만하지 않은가. 목소리는 작으면서 실없는 웃음을 보탠 **시시닥시시닥**, 목소리가 크면서 그러한 **시시덕시시덕** 또한 본뜻에는 없지만 **속닥속닥·숙덕숙덕**처럼 다소 바람직하지 않은 주제의 이야기를 나누지 싶다. **소곤소곤·수군수군**, **속삭속삭**만은 가만가만 이야기하는 의성의태어로 앞선 태도들과는 조금 다르다.

흥에 겨워 계속 노래를 부를 때 쓰는 **흥얼흥얼**은 입속으로 지껄이는 의성의태어다. 맹꽁이 우는 소리 말고도 남이 알아듣지 못할 말로 요란스럽게 지껄이는 모습을 담은 **맹꽁징꽁**은 개중 난이도가 높은 말이다. 작은 소리로 요란하게 떠드는 일은 힘을 모아 가볍게 뛰는 **풀떡**만큼 어려운 일이다.

낮거나 나직한 목소리로 이야기하는 의성의태어 중 '남이 알아듣지 못하도록'이라는 단서가 달리지 않는 말은 제삼자를 의식하지 않아도 될 만큼 건전한 대화를 나누는 듯 보인다. **나직나직**은 그저 소리가 꽤 낮게 말하고, **으밀아밀**은 소리의 크기는 모르겠으나 비밀히 이야기하니 가만가만 말하는 **사분사분**처럼 목소리가 꽤 낮다. 나직이 입속말을 하는 **웅얼웅얼**은 **중얼중얼**과 비슷하다.

주절주절도 낮은 목소리로 이야기하는데, 여기에 속도가 붙으면 **조잘조잘·재잘재잘**이다. 소리는 여전히 나직하되 여럿이 조용히 이야기하면 **두런두런**, 여럿이 정답게 이야기하면 **도란도란**이다. 정다운 이야기를 나누면서 어찌 우리를 빼놓느냐며 어디선가 **오손도손·오순도순**이 오손도손 손잡고 나타난다.

말하는 목소리가 작은 소리와 큰 소리의 중간쯤 되는 말도 드물지만 존재한다. **또랑또랑**은 아주 밝고 똑똑하게 말할 때, 앞서 '걸을 때'에 등장한 **또박또박**은 글씨뿐 아니라 조리 있고 또렷하게 말하는 모습도 이르니 쓰임새가 많은 말이다. 세찬 물줄기를 표현하는 **좔좔**은 무언가 거침없이 읽거나 외는 모양으로, 청산유수(靑山流水 막힘없이 썩 잘하는 말)와 짝을 이룬다.

시조새는 시룽새룽, 고래는 고래고래

●

소리의 크기는 딱히 정한 바가 없으나 전하는 바는 분명 너저분하리라고 추정되는 말도 있다. 입에 나팔을 단 듯한 **나발나발·나불나불, 야불야불**은 입을 가볍게 자꾸 함부로 놀리는 모습을 담은 말이다. **느물느물** 능글맞게 말하는 이의 몸짓은 왠지 '치근덕치근덕'에 가까울 듯하다.

'들먹들먹하다'는 많은 뜻을 가진 동사로 '마음이 잇따라 설레다'는 아름다운 뜻과 달리 '남에 대하여 잇따라 들추어 말하다'는 추한 뜻을 동시에 가졌다. 그리하여 **들먹들먹** 또한 아름답고 추하게 말한다. 차라리 시원하지 않게 꾸물거리며 말하는 **어물어물**, 먹을 때처럼 말 또한 입안에서 중얼거리는 **오물오물·우물우물**, 말이 순조롭지 못하고 막히는 **더듬더듬·떠듬떠듬**이 나아 보인다.

너저분하게 끊임없이 이야기하는 **주저리주저리**, 듣기 싫게 군소리를 하는 **구시렁구시렁**, 쓸데없는 말을 함부로 지껄이는 **씨부렁씨부렁**, 주책없이 함부로 실없이 말하는 **씨불씨불**은 우열을 가리는 일이 무의미하다.

걸핏하면 성을 내는 모양을 이르는 볼똥과 이어지는 **볼똥볼똥·불퉁불퉁**은 볼똥한 상태에서 얼굴까지 볼록해져서 함부로 말한다.

더 심해지면 콧대를 세우고 으스대며 거만하게 **땍땍·땍땍** 큰소리 치다가 결국 딱딱한 말씨로 **따따부따** 따지고 다툰다.

'지껄이다'는 '약간 큰 소리로 떠들썩하게 이야기하다'라는 뜻인데, 지껄이는 소리와 모양을 담은 의성의태어가 어찌 이리 많을까. 대놓고 **지껄지껄**은 '지껄이다'의 뜻을 그대로 이어받으며, 비슷한 말로는 **지절지절**이 있다. '지지배배'와 닮은 **지지재재**는 이러니저러니 자꾸 지껄이는 모습으로, 줄기찬 새소리를 연상시킨다. 웃으면서 지껄이는 의태어로는 **새살새살·새실새실** 등이 있는데, 앞엣것의 웃음은 '샐샐'이, 뒤엣것의 웃음은 '실실'이 적당하겠다. 예쁘게 웃으면서 무에 그리 추하게 떠들어 대는지.

실없이 방정맞게 지껄이는 **시룽새룽**은 버릇 없이 까부는 '해롱해롱'과 어울린다. 더 나을 것이 없는 **새롱새롱**은 보태어 경솔하기까지 하다. 일렁이는 물결 같은 **수런수런**은 실은 **수선수선**과 비슷하게 여럿이 한데 모여 수선스럽게 지껄이는 모습을 표현한다. **씩둑꺽둑·씩둑씩둑**은 쓸데없이 지껄이는 모습으로 무언가 벨 때 쓰는 '싹둑싹둑'과는 무관하다. 쓸데없으니 싹둑싹둑 베어 낼까.

그래, 어디 한번 제대로 떠들어 보자. 헛된 장담을 쉽게 하는 **떵떵**은 위세를 부리며 기세 좋게 몹시 으르대는 모습을 표현하는데, 한마디로 볼썽사납다. 목소리를 한껏 높여 시끄럽게 외치는 **고래고래**는 **떵떵**과 마찬가지로 그래 봐야 혼자 떠드는 말이다.

지금부터는 여럿이 내는 큰 소리다. **웅성웅성**은 여럿이 수근거리고, **와글와글**은 사람 말고 벌레에도 쓴다. **왁자글**은 갑자기 시끄럽게 떠드는 모습인데 비해 **시끌벅적·왁자지껄**은 시끄럽게 떠들면서 어수선하기도 해야 한다. **왁작박작**은 **시끌벅적·왁자지껄**과 비슷한데 '좁은 곳에서'라는 조건이 덧붙는 순간, 눈앞이 캄캄하고 숨이 턱 막힌다.

바닷가의
일파만파

한적한 바닷가에 아침이 밝았습니다. 어제처럼 오늘도 모래밭은 찬란하고, 물비늘은 휘황합니다. 이토록 평화로운 풍경을 죽 찢듯 어디선가 게 한 마리가 기어 나옵니다. 게는 아침부터 계속 **웅얼웅얼** 못 알아들을 소리를 해댑니다.

"이놈의 파도는 왜 그칠 날이 없는 거야? 집을 옮기든가 해야지, 올때마다 물이 찼다 빠졌다 아주 성가셔 죽겠군."

게는 **꽁알꽁알** 불평을 터뜨립니다. 그때, 바위 위로 뛰어오른 새우가 **떠듬떠듬** 말을 건넸습니다.

"어어어어…어어… 어젯밤에 말이야."

새우가 **나직나직** 이야기했습니다.

"어젯밤에 뭐? 무슨 일 있었어?"

답답한 게가 **또랑또랑** 큰 소리로 되물었습니다.

"어젯밤에 먼 바다에 큰 고래가 나타났어."

"그게 뭐? 난 또 뭐라고."

게가 떠나려 하자, 새우는 게를 붙들며 **어물어물** 말을 이어갑니다.

"고래가 사라지면서 바다에 떠 있던 뭔가가 함께 사라졌어."

"바다에 떠 있는 거? 부표 그거야 뭐 가끔 사라지기도 하잖아."

"부표 아니야. 팔다리가 있었거든."

"혹시 보름마다 수영하는 그 여자? 고래가 그 여자를 데려갔다고?"

새우가 게에게 가까이 다가가 무언가 **속닥속닥** 말하려는 순간, 큰 파도가 몰아쳐 새우를 먼 바다로 데려가 버렸습니다. 게는 공공이 생각하더니 갑자기 급한 게걸음으로 해변을 돌아다니며 **나불나불** 외쳤습니다.

"큰일났어요. 어젯밤에 고래가 사람을 잡아갔대요."

게의 말은 삽시간에 온 바닷가로 퍼져나갔습니다. 어디를 가나 고래의 납치 사건을 두고 **수군수군** 말이 많았습니다. 말미잘도 **지지재재** 소문에 불을 붙였습니다.

"그러고 보니 나도 어제 고래를 봤어. 입에 뭘 문 것 같다 싶더니 그게 사람이었군."

몇몇이 모이면 곧장 그 사건을 두고 이야기하느라 **왁자글** 시끄러웠습니다. 먼 바다에서 돌아온 거북이도 오자마자 그 소문을 들었습니다. **왁작박작** 떠들어대던 말미잘 무리 곁을 지나던 거북이가 **으밀아밀** 말했습니다.

"내가 본 게 그 고래였나."

해변은 또 한 번 발칵 뒤집혔습니다. 처음 소문을 퍼뜨린 게는 거북이를 찾아가 **재잘재잘** 이것저것 물었습니다. 거북이는 귀찮다는 듯 뒷발로 모래를 튕기며 게를 쫓아냈지만, 게는 거북이를 뒤따르며 **시룽새룽** 떠들어댔습니다.

결국 소문은 사람들이 모여 사는 마을에까지 전해졌습니다. 마을 사람들은 소문의 진원지인 해변에 모였습니다. 다들 흥분한 목소리로 마을의 안전을 걱정하며 목소리를 높였습니다. 결국 한 남자가 배에 시동을 걸었습니다. 그는 뱃전에 올라 **고래고래** 소리를 질렀습니다.

"제가 그 고래를 잡아오겠습니다!"

배가 떠나고 얼마 후 큰 폭풍이 몰아쳤고, 며칠째 남자는 돌아오지 않았습니다. 마을 사람들은 고래가 남자마저 잡아 갔다며 **수군숙덕** 말이 많았습니다. 다행히 남자는 파도에 밀려 해변으로 돌아왔지만, 고래 이야기는 한 마디도 꺼내지 않습니다.

남자는 아예 말하는 법을 잊어버렸습니다. 오랜 뒤, 남자는 자신처럼 말을 하지 않는 한 여자와 결혼했습니다. 이 이야기는 입에 입을 타고 전해져 훗날 '인어공주'라는 인기 동화가 되었습니다.

실은 그날 밤, 새우는 아무것도 보지 못했습니다. 심심하던 차에 게에게 아무 말이나 **재잘재잘** 떠들어댔을 뿐이죠. 게는 새우의 허튼소리에 **시룽새룽** 온갖 말을 덧붙였고, 거북이가 본 고래는 다른 고래였습니다. 그런데다가 고래를 본 것 같다며 **나불나불** 소문을 부풀린 말미잘은 사실 눈이 없습니다.

그 소문에서 유일한 사실은 그날따라 유독 보름달이 크고 밝아 유독 울비늘이 찬란했다는 것뿐이었습니다.

일할 때
이할 때

갈팡질팡 망설이다, 검불덤불 뒤엉키다

•

하루 일과 중 가장 많은 시간을 할애하는 일은 무엇일까. 바로 '일' 아닐까. 먹고 잘 때를 제외한 대부분의 시간 동안 우리는 일한다. '일'의 뜻은 여러 가지로, 대가를 받기 위해 일정 시간 몸과 머리를 쓰는 활동이라고 할 때의 '일'은 직업과 관련한 업무를 말한다. 또 보수를 받지 않더라도 원하는 바를 이루기 위한 신체적·정신적 행위 또한 모두 '일'이다. 집안일처럼 '일'은 직업과 무관하게 사람이 행한 어떤 행동이기도 하다. 하니 우리는 늘 어떤 '일'인가를 하는 중이다. 하다못해 먹고 자기도 일이다.

의성의태어 중에는 일을 하는 태도와 관련한 말이 많다. 실제 그러하기 때문인지 일을 제대로 하는 모습을 가리키는 말보다는 그렇지 못한 모습을 표현한 말이 많다. 하긴 일을 할까 말까, 이렇게 할까 저렇게 할까 망설이는 모습은 흔히 본다. 엉터리로 일하거나 일이 버거워 허덕이는 모습도 허다하다.

일을 시작하지도 못한 채 **가리산지리산** 갈피를 잡지 못하는 **갈팡질팡**과 **우물쭈물**은 서부 영화에 나오는 스윙도어처럼 마음이 내켰다 말았다 한다는 뜻의 **내치락들이치락·들이치락내치락**과 함께 참 못났다. **허둥지둥**과 **허겁지겁**은 어찌할 바를 모르는 데다가 다

대단한데

미더운걸

봐 줄 만하네

혹시 낙하산

개신개신
머뭇머뭇
빈둥빈둥
어리바리

깔짝깔짝
어물쩍
어영부영
얼렁뚱땅
엄벙덤벙

아우, 속 터져

갈팡질팡
빌빌
우물쭈물
을밋을밋
질질

건성건성
헤실바실
흐지부지

휘뚜루마뚜루

느리게 일하는 사람

꼼꼼   뚝딱
착착   설렁설렁
척척

알뜰살뜰   사부작사부작
차근차근   시부적시부적
차분차분

그러구러
그리저리
술술

바둥바둥   끙끙
아득바득   끼끼
아등바등   허위허위
애면글면   허덕허덕

검불덤불
뒤죽박죽

힘겹게 일하는 사람   알아서 잘하는 사람

급하게 서두르기까지 한다.

막상 일을 시작했지만, 차라리 **머뭇머뭇** 망설일 때가 나았다고 여기게 하는 말도 많다. 일을 잘 못하는 데에도 저마다 속도가 있는데, 속 터지는 순으로 따지면 아무 일도 하지 않고 놀기만 하는 **빈둥빈둥**이 최고(?)다.

흔히 '어리버리'라고 잘못 쓰는, 기운도 없고 일도 제대로 못하는 **어리바리**, 게으른 건지 기운이 없는 건지 모르겠으나 여하튼 참 힘없이 일하는 **개신개신**, 만지작거리기만 하고 좀처럼 일을 진전시키지 못하는 **깔짝깔짝**, 일을 하기는 하는데 느려터진 **빌빌**까지 가히 '막하막하(莫下莫下)'다.

일을 한 건지 만 건지 모를 정도로 무성의한 태도의 **건성건성**, 계획한 바 없이 되는 대로 하는 **엄벙덤벙**과 **어영부영**, 흐리멍텅하게 일하는 **흐지부지·헤실바실**, 대충해서 넘기려는 **어물쩍·우물쩍**, **얼렁뚱땅·엄벙뗑**, 그리고 **을밋을밋**이라는 생소한 말까지 모두 엉망진창이다. 일의 기한을 자꾸 미루는 **질질**은 지켜보는 이의 분노 지수에 봉우리를 선사하며, 이것저것 닥치는 대로 해치운다는 뜻의 **휘뚜루마뚜루**도 무성의하기로는 둘째 안 간다.

무성의하고 느린 것보다는 낫지만, 보는 사람 숨막히게 하기로는 일이 버거워 허덕이는 모습도 만만찮다. 일이 얼마나 힘에 부치는지 쩔쩔 매는 **허덕허덕·허위허위**, 그런 일을 끝까지 고집을 피우며 마저 애써 하는 **아득바득·아등바등·바둥바둥·애면글면**도 보기 안쓰럽다.

허덕허덕·허위허위에는 초점 잃은 눈과 기운 없이 벌어진 입이, **아득바득·아등바등·바둥바둥·애면글면**에는 잔뜩 힘이 들어간 눈과 굳게 다문 입이 떠오른다. 효과음으로는 힘겨워 몹시 앓는 소리, **낑낑·끙끙**이 알맞을 말들이다.

망설이고 헤매고 무성의하며 대충 하거나 버거워하는 일의 결과는 보나마나 검불과 덤불이 만난 **검불덤불**! 한데 뒤섞이고 엉클어져 어수선하다는 뜻이다. 엉망이 진창을 만나 '엉망진창'이 되고, 눈 앞에 있어야 할 죽이 뒤에 있고 그 죽에 (호)박죽이 뒤섞여 '뒤죽박죽' 난리가 난다.

나비처럼 사부작사부작, 바람처럼 설렁설렁

●

제대로 일하기가 그리 어려운가 싶을 때쯤 몇몇 단어가 기지개를 켠다. 받침이 없어 몸이 가벼운지 **그러구러·그리저리**가 가장 먼저 달려온다. 부사이기는 하나 의성의태어는 아닌 '그럭저럭'을 연상 시키는 **그러구러**는 '그럭저럭 일이 진행되는 모양'이고, **그리저리**는 '그러하고 저러하게 되는 대로 하는 모양'이다.

이보다 나은 단계의 말로는 **차근차근·차곡차곡, 알뜰살뜰**이 있 다. **차근차근·차곡차곡**은 순서에 따라 조리 있게 일하며, 일을 정 성껏 규모 있게 꾸려 가는 **알뜰살뜰**과 다른 듯 닮았다. 잘못이나 실수가 없도록 애쓰는 **조심조심**, 부드럽고 조용하고 찬찬한 **차분 차분**, 빈틈없이 차분하고 조심스러운 **꼼꼼**도 일할 때의 태도로 썩 괜찮다.

사부작사부작·시부적시부적은 별로 힘들이지 않고 가볍게 일하는 모습으로, 배추 백 포기를 절여 놓고 쪽파 석 단을 다듬으려는 엄 마에게 **쉬엄쉬엄** 일하기를 권할 때 자주 듣는 말이다. "하나도 안 힘들다. 테레비 보면서 **사부작사부작** 하면 금방 깐다." **사부작사 부작·시부적시부적**은 **허덕허덕, 애면글면**과는 정반대의 태도로, 일에 들이는 힘의 무게가 나비의 한쪽 날개 같다. 역시 고수(高手)

는 힘쓰지 않고 힘든 일을 해낸다.

이보다 한 단계 더 높은 경지의 **설렁설렁**. 흔히 '대강대강'의 뜻으로 자주 쓰지만, **설렁설렁**은 '무엇에 얽매이지 아니하고 가벼운 마음으로 일을 처리하거나 움직이는 모양'을 이르기도 한다. 얼핏 대강 하는 듯이 보이나 그물에 걸리지 않는 바람처럼 얽매이는 바가 없으니 이 얼마나 높은 경지인지 매사 **아등바등** 허덕이는 범인凡人은 가늠하기 힘들다. **설렁설렁** 가벼이 하는 일은 **술술** 풀리고 **착착** 진행되어 **뚝딱** 끝난다.

의좋은
흥부와 놀부

한 마을에 흥부와 놀부가 살았습니다. 형제는 유명한 전래 동화의 주인 공과 동명이인이며, 그들과 달리 일란성 쌍둥이입니다. 얼굴이 똑같이 생긴 형제는 성격도 비슷했지요. 무진장 게으른 것까지도 똑 닮았답니 다.

쌍둥이는 종일 아무것도 하지 않고 방바닥을 온몸으로 쓸며 **빈둥빈둥** 굴러다녔지요. 저고리 하나, 버선 한 쪽 입고 신는 일조차 **흐지부지**, 어 쩌다 한 번 씻을 때도 **엄벙덤벙** 제대로 하지 않았습니다.

일찍 부모를 여읜 형제에게는 다행히 누이가 하나 있었습니다. 부지런 한 누이는 온 마을의 삯바느질을 하며 **알뜰살뜰** 살림을 꾸려 홀로 **애면 글면** 두 형제를 키웠습니다. 다 자란 누이는 결혼해 이웃 마을로 가게 되었습니다. 자식 같은 두 동생을 두고 가는 누이는 가슴이 아팠습니다.

"나 없이 이 어린 것들끼리 어찌 살아갈꼬."

결혼식 날, 누이는 볼연지가 녹아내리도록 울었습니다. 끝내 어린 두 동 생을 두고 집을 떠나간 누이는 이내 다시 돌아와 형제를 데리고 부엌으로 가 세 개의 독을 가리켰습니다.

"저 빈 독에 먹을 걸 채워 봐. 세 독을 다 채우면 누이가 돌아와 그걸로 밥을 지어 줄게."

형제는 **건성건성** 대답은 했지만, 속으로는 아무것도 할 생각이 없었습니다. 누이가 떠나자마자 형제는 방으로 들어가 드러누웠습니다.

그날 이후, 형제는 빈 독을 채울 생각은 아예 하지 않고 내리 잠만 잤습니다. 문득 깨어서는 **개신개신** 툇마루로 나가 남은 잔치 음식으로 **얼렁뚱땅** 끼니를 때웠습니다.

며칠 뒤, 자다 깬 흥부는 목이 말랐습니다. 하지만 물은 진작 동이 났습니다. 동이 트면 물을 뜨러 가려 했지만 막상 아침이 밝으면 우물은 너무 멀게만 느껴져 물 길어 오는 일은 **질질** 미뤄졌습니다.

며칠 뒤 집에 들른 누이는 곧장 독을 열어 보았습니다. 잠시 후, 누이가 밥상을 차리는 반가운 기척에 일어난 형제는 푸짐한 밥상을 기대하며 **허겁지겁** 부엌 문을 열었습니다. 허나 누이는 떠나고 밥상에는 빈 그릇만 놓여 있었습니다. 화가 난 흥부는 독 하나를 열고는 마당의 흙을 퍼 담기 시작했습니다. 또 한 독에는 똥을 누었습니다. 마지막 독에는 싹이 나 먹지 못하는 감자를 가득 담았고요.

일주일째 굶은 흥부는 배가 무척 고팠지만 **갈팡질팡** 마당을 오갈 뿐 먹을 걸 구하러 나가지 않았습니다. 놀부도 **우물쭈물** 이 생각, 저 생각, 생각만 많았습니다. 달이 뜨자, 형제는 더는 참을 수 없게 허기졌습니다. 그래도 달만 올려다 볼 뿐이었습니다.

그때였습니다. 마당 한쪽에 돋아난 작은 이파리가 보였습니다. 며칠 전 형제가 잠든 사이, 집에 들른 누이는 세 개의 독에 담긴 흙과 똥과 싹 난 감자를 마당 한쪽에 옮겨 부었습니다. 우물에서 물을 길어 와 그 위에 듬뿍 뿌렸고요. 그렇게 마당에는 감자밭이 만들어졌습니다. 게으른 형제는 고마운 누이를 떠올리며 울었습니다. 그렇게 한순간, 쌍둥이 형제는 철이 들어 버렸습니다.

다음 날 아침부터 형제는 **차근차근** 집안일을 했습니다. 마당을 쓸고, 설거지를 하고, 이불을 빨아 널었습니다. 다음 날에는 밭에 고랑을 만들고, 이웃에서 콩을 얻어 와 심었습니다. 우물에서 물을 길어 와 밭에도 뿌리고 빈 독도 가득 채웠습니다. 형제는 **허덕허덕** 힘겹게 하던 집안일과 밭일을 언제부턴가 **그러저러** 해내더니 마침내 **사부작사부작** 힘들이지 않고 수월하게 하였습니다.

어느 날, 다시 누이가 돌아왔습니다. 누이는 밭에서 거둔 감자와 콩으로 맛난 음식을 만들어 주었습니다. 그러고는 형제에게 남은 감자와 콩을 시장에 내다 팔라고 말했습니다. 형제는 오일장에 감자와 콩을 내다 팔고, 그 돈으로 병아리 두 마리와 송아지 한 마리를 샀습니다.

형제는 **쉬엄쉬엄** 쉬어 가며 **설렁설렁** 밭 일구고 마소 키우며 살림을 늘려갔습니다. 모든 일이 **술술** 풀렸습니다. 어느 해에는 각자 누이처럼 마음씨 좋은 여자와 결혼해 살며, 가을이면 자신의 볏단을 서로의 집앞에 옮겨 주는 의좋은 형제가 되었습니다.

잠잘 때

	눈	고개	정신	전신	숨소리
푹잠					드렁드렁 드르렁
잘잠				발라당 소록소록	새근새근 색색 콜콜 쿨쿨
잠올	게슴츠레 깜빡 씀뻑	건득건득 꾸벅	까무룩 비몽사몽 설핏설핏 어리마리	사르르 소르르 수르르 스르르	
못잠	말똥말똥			고상고상 궁싯궁싯 뒤척뒤척	

꾸벅 졸기, 쿨쿨 자기

•

발음하는 것만으로도 평화로워지는 잠! 매일 찾아오는 잠은 피로를 거두어 가고 생기를 남기고 가는 반가운 손님, 매일의 긴 쉼이다. 한데 그리 고마운 손님을 불청객 취급하는 이도 있다. "자, 이제 불 끄고 코 자자"라는 어른의 말은 마냥 놀고 싶은 아이의 다섯 살 평생을 뒤흔들기도 한다. 아무리 옛이야기를 들려 주어도 아이의 눈은 **말똥말똥** 빛날 뿐이다.

아이의 등을 **도닥도닥·토닥토닥** 두드리며 "자야지 내일 또 놀지"라며 잠의 명분을 설명하지만 실은 어른도 늘 잘 자는 건 아니다. 깊은 밤이 되도록 **뒤척뒤척** 이리저리 몸을 뒤집으며 잠을 설치곤 한다. 이처럼 잠들지 못하고 자꾸 뒤척이는 모습을 두고 **고상고상·궁싯궁싯**이라 한다.

그래도 잠 못 드는 때보다는 잘 잘 때가 훨씬 많다. 잠은 보통 제일 먼저 눈ᵗ으로 찾아든다. 잠이 오면 눈이 거의 감길 듯한데 이 상태의 눈을 **거슴츠레·게슴츠레**라고 한다. 그럴 때면 **깜빡·끔뻑** 눈꺼풀을 감았다 뜨며 잠을 쫓아내기도 한다.

앉아 있는 경우, 잠이 눈 다음으로 찾아드는 신체 부위는 고개다. 눈이 풀린 다음에는 이번에는 고개! 졸음이 와서 고개를 자꾸만 숙였다 드는 **건득건득**은 **꾸벅꾸벅**의 전 단계에 속한다. **꾸벅꾸벅**은 고개를 숙였다 드는 모양과 모르는 사이에 순간적으로 잠이 드는 모양, 두 가지 뜻을 다 가졌다.

호수 가운데 얼음이 아무리 두꺼워도 가장자리에는 살얼음이 끼듯, 깊은 잠으로 오가는 길목에도 얕은 잠이 버티고 있다. 정신이 흐릿한 모습을 비유하며 널리 쓰이는 비몽사몽(非夢似夢)은 '꿈이 아니며 꿈과 같다'는 한자 뜻 그대로 잠이 들지도 깨지도 않은 어렴풋한 '모양'을 뜻하나 의태어가 아니라 명사다. 잠이 들기 전, 잠에서 깨기 전, 그 외 정신이 몽롱한 때 두루 쓴다.

어리마리는 잠이 든 둥 만 둥 정신이 흐릿한 모양으로 **비몽사몽**과 엇비슷한 뜻이다. **어리어리**와 **설핏설핏**은 둘 다 숙면의 전 단계, 그러니까 겉잠이나 풋잠 혹은 얕은 잠에 든 때에 등장한다. 혹 겉잠이나 풋잠의 참뜻이 뭘까, 궁금해 하는 독자를 위해 이 글의 말미에 잠의 종류를 따로 정리했다.

이제 정말 잠들 시간이다. 잠은 벼락처럼 급히 찾아오기도 하지만 노을처럼 슬그머니 찾아오는 때가 더 많다. **사르르·스르르**는 졸음이 슬며시 오는 모양이고, **소르르·수르르**는 졸음뿐 아니라 잠이 드는 모양도 이른다. 이 네 단어는 적게는 서넛, 많게는 예닐곱 개의 뜻을 가진다. 여러 뜻 중 눈이나 얼음이 녹는 모양(**사르르·스르르**), 바람이 천천히 부드럽게 불어오는 모양(**소르르·수르르**)이라는 뜻은 잠이 살며시 찾아오는 장면과 닮기도 했다.

'**까무룩** 잠이 들었다'고 할 때의 **까무룩**은 실은 갑자기 정신이 흐려지는 모양으로, 정신을 잃고 쓰러진 때에도 쓴다. 이처럼 잠이 갑자기 찾아오면 발이나 팔을 활짝 벌리고 **발라당·벌러덩** 누워 잠들기도 한다. 잘 때처럼 깰 때도 **발딱·벌떡** 일어나면 좋으련만 마른 풀 일어서듯 **부스스** 느리게 일어나는 일이 더 많다.

잠들기는 쉽지 않아도 잠에 들면 마냥 바라보게 되는 게 아기의 잠든 모습이다. 아기가 곱게 자는 **소록소록**, 아이가 곤히 잠든 때 내는 소리인 **새근새근·쌔근쌔근**은 성선설을 믿게 한다. 깊이 잠든 아이는 새근덕새근덕보다 거친 숨소리를 낸다. **색색·쌕쌕**은 특이하게 고르고 가는 숨소리라는 뜻과 조금 빠르고 고르지 아니한 숨소리라는 정반대의 뜻을 가졌다. 후자의 소리에는 화가 났을 때의 **식식·씩씩**처럼 노기가 어린다.

어른 아이 할 것 없이 깊이 잠든 모습은 **쿨쿨·콜콜**이라 한다. 시원시원하게 잘 자니 영어로 'Cool Cool'이라 번역해도 좋으련가. 눈은 잠들었으나 코와 입이 잠들지 못한 잠도 있다. **드르렁·드렁드렁·드릉드릉**!

잠잠 무슨 잠

●

매일 같이 자면서도 늦잠, 선잠 같은 잠만 알았는데 **어리어리·설 핏설핏**의 뜻풀이에 등장한 겉잠을 보고 호기심이 일어 '잠 공부'를 했다.

겉잠은 예상대로 겉으로만 든 잠, 깊이 들지 않은 잠을 말한다. 널리 알려진 선잠과 비슷한 뜻이다. 겉잠은 눈을 감고 자는 체하는 일이라는 다른 뜻도 가졌는데, 이는 꾀잠·헛잠이라고도 한다. 꾀부리는 가짜 잠과는 다소 다른 생生잠은 안 자도 될 잠, 억지로 자는 잠이다. 이때의 '생'은 억지스럽거나 공연하다는 뜻을 더하는 접두사다. 겉잠의 갈래에 드는 또 하나의 잠은 뜬잠이다. 자다 깨설친 잠을 말한다. 그렇다면 겉잠의 반댓말은? 속잠이다. 신랑 신부가 처음으로 함께 드는 꽃잠처럼 깊이(?) 든 잠을 말한다.

늦잠처럼 게으름을 피우며 자는 잠도 있다. 잘 만큼 자고도 더 자는 덧잠도 그중 하나. 한 번 깨었다가 도로 드는 잠은 두벌잠, 자야 할 때가 아닌데 몰래 자는 잠은 도둑잠이다. 학창 시절, 선생님 눈을 피해 공부하는 척 턱 받친 손에 볼펜 한 자루 쥔 채 꾸벅거리던 그 잠 말이다. 이런 잠은 흔히 고개를 꾸벅거리는 꾸벅잠으로 발전해 분필 한 대에 발딱 깨곤 한다.

한편 땀내 나는 부지런한 잠도 있다. 새벽에 일어나야 하는 이들은 초저녁에 잠들곤 하는데 이런 잠을 일잠이라 한다. 새벽일 많은 농촌에서는 흔한 잠이다. 일잠과는 반대로 늦은 밤 잠들어 다음날 아침 늦게 일어나는 다방골잠은 분명 일잠인데도 늦잠을 비유할 때 쓴다. 다방골잠은 지금의 서울시 중구 다동(茶洞)이 과거 다방골이라 불리던 때, 장사하는 이들이 밤늦게까지 일하고 다음날 해가 중천에 뜰 때까지 자던 잠이라 한다.

잠 중에는 불편한 잠을 이르는 표현이 많은데, 짧은 틈에 자는 쪽잠이 대표적이다. 이러한 잠은 동물이나 사물에 빗댄 익살스러운 표현이 많다. 동물에 비한 잠은 갈치잠·새우잠·개잠·괭이(고양이)잠이며, 이 중 좁은 데 모로 누워 자는 갈치잠·새우잠을 제외하고는 깊이 잠들지 못하고 자는 둥 마는 둥 하는 잠이다. 사람에 비해 청각과 후각이 발달한 동물이 금세 잠에서 깨는 데서 유래한 말이다. 새우잠은 등을 구부리고 자는 잠으로 시위잠과 같은 말이다. 여기서 시위는 새우 등처럼 휜 활시위를 말한다.

덕석잠은 까끌한 덕석을 덮거나 깔고 자는 듯 불편한 잠인데, 잠자는 자세 말고 잠자리로 불편함을 강조했다. 덕석잠처럼 잠들 자리는 불편하나 등걸잠·멍석잠은 조금 다르다. 이 두 잠은 너무 피곤해 아무 데서나 자는 잠으로, 허기가 최고의 반찬이듯 피로가 숙면의 제일 조건임을 일깨운다.

구부리다 못해 앉은 채 자는 잠도 있다. 면벽수행하던 성철 스님의 장좌불와(長座不臥 오랜 시간 앉아 눕지 않는 수행 자세)와는 다르지만, 밤늦도록 들어오지 않는 자식을 기다리는 엄마의 앉은잠 또한 고되다. 마음이 불편할 때 쉬이 잠들지 못하다가 앉은 채로 잠시 드는 앉은잠과 애처롭기를 겨루는 잠은 발칫잠이다. 말 그대로 남의 발치에서 자는 잠이니 새우잠이나 개잠을 자기 십상이다. 남의 발치에서 자는데 어디 발 뻗고 편하게 잘까. 발칫잠에 짠해진 것도 잠시, 발편잠을 보고 방긋 웃는다. 누가 지었는지 참 잘 지은 이름이다. 발편잠은 그야말로 발 쭉 뻗고 자는 잠으로 발도 마음도 편하다. 그 잠은 아주 단잠, 꿀잠일 테다. 발편잠의 자세는 어쩐지 아기가 두 팔을 머리 위로 올리고 자는 잠, 나비잠의 자세와 닮았을 듯도 하다.

잠의 구간을 이르는 말로는 첫잠과 풋잠이 있는데, 막 든 잠이니 깊지 않은 잠이다. 같은 뜻이지만 선잠이라 할 때와 달리 첫사랑과 풋사랑처럼 풋풋하다. 또 잠든 때를 넣어 부르는 말도 따로 있다. 아침잠, 낮잠, 초저녁잠처럼 하루 중 어느 때가 아니라 잠 이름에 계절을 덧붙이기도 하는데 대표적인 말이 겨울잠이다. 여름잠과 마찬가지로 동물이 자는 잠이다. 그럼 가을잠도 있을까? 없다. 혹시나 했는데 봄잠은 있다. 봄날에 노곤하는 자는 잠, 알래스카에서는 영영 못 잘 잠이다.

잠자는
숲 속의 왕자

한 부유한 나라에 왕자가 태어났습니다. 돌잡이 상에 오른 각종 금은보화 중에 떡하니 금수저를 집어 화제가 된 왕자지요. 겉보기에 아무 부족할 것이 없는 이 나라에는 단 하나의 걱정거리가 있었는데, 바로 그 왕자가 잠이 많아도 너무 많다는 것이었습니다.

왕자는 내로라하는 잠보였습니다. 밤에는 물론이고 아침부터 저녁까지 눈은 **게슴츠레**, 입은 헤 벌린 채 졸음에 겨워했습니다. 무서운 왕 앞에서도 고개를 **건득건득** 흔들다가 금세 **꾸벅꾸벅** 잠들곤 했습니다. 왕은 그런 왕자가 한심했지만 뭐라고 할 수도 없었습니다. 왕자가 태어나기 전, 천하에 잠이라면 왕을 따를 자가 없었기 때문이죠.

부자久子의 모습을 지켜보는 왕비의 마음은 편치 않았습니다. 밤마다 잠들지 못하고 **고상고상** 뒤척이느라 고상한 외모가 상할 정도로요. 왕비는 왕자를 어찌하면 좋을지 고민하다가 **앉은잠**을 잘 때가 많았습니다.

그러다 아침 해가 뜨고 산들바람이 **소르르** 창문을 타고 넘어올 무렵에야 겨우 **사르르** 잠들었습니다. 왕비는 **새근새근** 아기처럼 잠들었다가도 얼마 지나지 않아 선잠을 깨고 말았습니다.

아내가 어떠하든 왕은 밤마다 **쿨쿨** 잘도 잤습니다. **드르렁** 코까지 골며 잤습니다. 왕자도 뒤지지 않았습니다. **부스스** 일어난 지 얼마 되지 않았는데도 **발라당** 누워 잠들곤 했습니다. 게다가 아버지의 코 고는 소리를 이기려는 듯 **드렁드렁** 힘차게 코를 골았습니다. 예민한 왕비는 부자의 코 고는 소리 때문에 더욱 잠들지 못했습니다.

어느 날, 왕비가 왕자를 불렀습니다. 침대에 누운 왕비의 얼굴은 무척 수척했습니다.

"얘야, 엄마가 몹시 졸립구나. 지금 잠들면 우리 아들 얼굴을 영영 못 볼지도 모르는데. 그런데 자꾸 잠이 오는구나. 아들아, 아……."

이내 왕비는 한쪽으로 고개를 떨구었습니다. 그리고 다시는 깨어나지 않았습니다. 왕자는 울고 울었습니다. 한 번도 느껴 본 적 없는 슬픔에 어찌할 바를 몰랐습니다. 무엇을 해도 슬픔이 가시지 않았습니다. 그 좋아하던 잠도 더는 오지 않았습니다.

아무리 울어도 엄마는 깨어나지 않았습니다. 왕자는 엄마의 죽음을 받아들이지 못한 채 화를 내다가, 울다가, 혼잣말을 했습니다. 엄마에게 미안한 일, 고마운 일이 자꾸만 떠올라 눈물이 멈추지 않았습니다. 왕자는 울다 지쳐 겉잠에 들었다가도 금방 깨어 또 울었습니다.

궁궐 곳곳에는 엄마와 함께한 추억이 가득했습니다. 보이는 모든 것이 슬픔의 구실이 되었습니다. 슬픔에 겨운 왕자는 결국 궁궐을 뛰쳐나갔습니다. 왕도 왕자를 말리지 못했습니다. 왕자는 온 나라를 정처없이 떠돌았습니다.

엄마 생각이 떠오르지 않을 때까지 걷고 또 걸었습니다. 하지만 그리움은 쉽게 사라지지 않았습니다. 걷고 또 걷느라 지칠 대로 지친 왕자는 어느 밤, 한 농부의 헛간에서 멍석잠이 들었습니다.

다음 날 농부는 왕자의 거지 같은 행색을 보고는 기겁했습니다. 하지만 마침 일손이 부족했던 터라 왕자를 내쫓지 않고 며칠 머물게 하면서 일거리를 주었습니다. 왕자는 아침부터 저녁까지 일만 했습니다. 끼니때가 되면 흙 묻은 수저로 밥을 먹고, 다른 인부들의 발 아래에서 발칫잠을 잤습니다. 그럼에도 발편잠처럼 꿀잠을 잤습니다. 왕자는 오랜만에 속잠에 빠졌습니다.

다시 봄이 왔습니다. 왕자는 볏가리를 베고 누웠다가 **까무룩** 봄잠에 들었습니다. 꿈에 엄마가 나왔습니다. 왕자는 나비처럼 사뿐히 날아가는 엄마를 좇으며 환히 웃었지만 이내 잠에서 깨 버렸습니다. 다시 꿈을 이어 가

려 헛잠을 자며 눈을 뜨지 않았습니다. 왕자의 감은 눈에서 긴 물이 흘렀

습니다.

2

___

감정

기틀
배

웃어라, 세상이 너와 함께 웃으리라

●

이 글의 소제목은 모두 영화 <올드보이>의 독백에 등장한 미국 시인 엘라 윌러 윌콕스의 시 '고독(Solitude)'의 1연에서 따왔다.

웃어라, 세상이 너와 함께 웃으리라
Laugh, and the world laughs with you
울어라, 너 혼자만 울게 되리라
Weep, and you weep alone
슬픈 이 땅에 환희는 부족하나
For the sad old earth must borrow its mirth
고통은 이미 가득하니까
But has trouble enough of its own

이 시의 1연 3행에는 'Mirth'라는 다소 낯선 영단어가 등장하는데 그 뜻은 '즐거움, 웃음소리'다. 즐거움이 곧 웃음소리를 이를 만큼, 실제 즐거우면 절로 웃음이 난다. 한데 어쩐 일인지 웃음과 관련한 우리말 중에는 소리를 담은 의성어보다 웃는 모양을 담은 의태어가 많다. 소리가 나지 않는 웃음이 꽤 된다는 뜻이다.

입 벌린 정도 (세로축)

- 여럿이 크게 벌린
- 크게 벌린
- 조금 벌린
- 거의 벌리지 않은

웃음 소리 X (가로축)

가볍게 · 싱겁게 · 실없게 · 정답게 · 귀엽게 · 예쁘게 · 부드럽게

조금 벌린

가볍게	싱겁게 / 실없게	정답게	귀엽게	부드럽게
방긋 배시시 생긋 싱긋	씩 샐샐 실실 해해 헤헤 헤실헤실 히히	성글 생글 싱글 싱글벙글	봉실 봉싯	방그레 방글 벙글 방시레 방실 방싯 빙그레 빙글 빙실

거의 벌리지 않은

가볍게	실없게	귀엽게
빙긋	피식	해죽 히죽

아하하
와하하
으하하
으허허

딱따그르르
재그르르
왁작왁작

으흐흐
하하
허허
흐흐

까르르
이히히

에해해
에헤헤
해해
헤헤

깰깰 깔깔
낄낄 킬킬
키득
키들키들
킥

웃음
소리
0

거리낌
없이

못
참을
듯이

자지러지게

웃음은 '입 벌린 정도'에 따라 확연하게, '웃는 태도'에 따라 미묘하게 달라진다. 웃음소리의 크기가 아니라 입 벌린 정도를 기준으로 한 이유는 뜻풀이에 그 정도가 정확히 명시된 말이 많아서다. 웃는 분위기만으로도 '거의 안 벌린'부터 '조금 벌린', '크게 벌린', '여럿이 크게 벌린' 웃음으로 나눌 수 있었다.

가령 '그저 슬그머니 웃는 모양'이라는 뜻의 **푸시시**는 입을 얼마나 벌렸을지 대강 그려지지 않는가. 여기서 '슬그머니'는 '남이 알아차리지 못하게 슬며시/혼자 마음속을 은근히/힘을 들이지 않고 천천히'라는 세 가지 뜻이 있는데, 그중 어떤 뜻을 대입해도 슬그머니 웃으려면 입을 거의 벌리지 않아야 한다.

푸시시처럼 입을 거의 안 벌리거나 조금 벌리고 웃는 웃음은 꽤 많다. 만족스러울 때 슬쩍 혹은 살짝 웃는 **히죽·해죽**은 '히'와 '해'를 발음할 때처럼 입꼬리가 올라간 모습이 떠오른다. 이중 **해죽**은 '귀엽게' 웃어야 한다. 그래서 **히죽**은 몰라도 **해죽**은 억지로 웃으려면 잘 안 된다. '입술을 힘없이 터뜨리며' 웃는 **피식**도 애써 하면 바람 새는 소리만 난다. 무슨 일이든 힘 빼기는 제일 어렵다.

헤실헤실처럼 싱겁게 웃는 **해해**는 경망스럽게 웃는 의성의태어이기도 하고, 해해와 엇비슷한 **헤헤**는 속없이 빙그레 웃거나 주책없이 웃을 때 쓰는 의성의태어다. 하나 같이 입을 조금 벌리고 웃는 웃음이다. 또 간드러지게 웃는 **호호·오호호**는 발음할 때처럼 입을 동그랗고 작게 오므리고, 흐뭇함을 참지 못하여 입을 조금 벌리고 은근히 웃는 **흐흐**, 그 은근한 웃음이 응축된 듯 짐짓 내숭스러운 **으흐흐**, 흐뭇하여 웃는 **히히**도 입을 크게 벌리지 않는 축에 속한다.

끝내 못 참고 터뜨린 웃음을 담은 말도 입을 살짝만 벌린다. 웃음을 참아 보려 해서 그런지 웃음소리가 경박하다는 공통점도 있다. 나오려는 웃음을 참다가 터뜨리는 **킥**, 새되게 웃는 **깰깰·캴캴**, 억지로 입 속으로 웃는 **낄낄·킬킬**, 웃음이 터져 나오지 못하고 새어 나온 **키득**, 걷잡지 못하고 입속으로 웃는 **키들키들**이 그러하다.

까부는 웃음도 다양한데, 희한하게 '새'라는 낱글자가 들어간 말이 많다. **새새**는 소리 없는 웃음이면서 실없이 까부는 웃음이다. **새실새실**은 점잖지 않게 까부는 웃음, **새물새물**은 딱히 까부는 웃음은 아니지만 입술을 약간 삐뚤거리며 소리 없이 웃는 웃음이다. 시들하게 웃는 **흥**, 잇따라 빈정거리는 **비식비식**은 웃음은 웃음이되 비웃음에 가깝다.

입을 거의 안 벌리거나 조금 벌리고 웃는 웃음을 담은 의태어는 하나같이 뜻풀이에 '소리 없이'라는 단서가 달린 점이 매우 특이한데, 해서 웃는 태도가 각각의 단어를 구분 짓는 중요한 기준이 된다. 태도가 가벼우면 **빙긋·방긋**, **생긋·싱긋**, **배시시**, 실없거나 싱거우면 **샐샐·실실**, **씩**이다. **생글·싱글**, **성글**, **싱글벙글**은 정다운 웃음,

방글·벙글·빙그레·빙글·빙실은 부드러운 웃음이다. 예쁘장하게 웃는 **봉실·봉싯**은 말맛도 뜻처럼 아름답다. 보드랍게 웃는 **방그레·방실**, 살짝 한 번 웃는 **방싯**, 살그머니 웃는 **방시레**는 모두 입을 '예쁘게' 벌려야 한다.

또 어린아이의 소리 없는 웃음도 있는데, 그중 **앙글앙글·엉글엉글, 앙실방실**은 귀여운 웃음이고, **앙글방글·엉글벙글**은 귀여움에 탐스러움을 더한다. 잘 영근 버찌 같은 웃음이랄까.

기쁜 이 땅에 웃음만이 가득하리라

●

이번에는 '입을 크게 벌리고' 웃는 말이다. 목젖이 보일 정도로 입을 크게 벌리는 **헤벌쭉**을 빼고는 대체로 웃음소리도 크다. **너털너털**은 크고 당당히 웃으며, **깔깔·껄껄**은 못 참을 듯 웃겨서 되바라지거나 우렁찬 웃음소리를 낸다. 거리낌 없이 웃는 **하하**와 **허허**는 앞에 '아-', 와-', 으-' 등을 붙여 **아하하·와하하·으하하·으허허**라 쓰기도 하는데, 이 또한 거리낌 없이 큰 웃음이다.

해해·헤헤는 입을 조금 벌리는 데 비해 앞에 '애-', '에-'를 덧붙인 **애해해·에헤헤는 해해·헤헤**의 뜻과 달리 천하고 비굴한 웃음소리다. **애해해**는 야살스러운, **에헤헤**는 가소로운 웃음이다. **이히히**도 **히히**와 달리 자질러질 듯 큰 웃음이다.

또 흐뭇하게 은근히 웃는 **흐흐**는 털털하고 걸걸하게 웃는 웃음인데, 여기에 '으-'를 덧붙인 **으흐흐**는 특이하게 웃음과 울음소리를 모두 표현한다. **애해해·에헤헤, 이히히, 으흐흐**는 달랑 한 음절이 덧붙으면서 뜻이 확 달라진 예다.

여느 의성의태어처럼 웃음과 관련된 말도 반복하면 그 느낌이 배가 되는데, 한 글자를 반복한 두 음절의 단어, 이를테면 **하하, 헤헤, 호호, 히히** 등은 여기에 해당한다. 다시 여기에 한 글자를 더해 **하**

하하, 헤헤헤, 호호호, 히히히 등 세 음절로 쓰면 그 뜻이 세 곱절이 될 듯한지 일상에서 흔히 쓰는데 이러한 단어는 실제 사전에 등재된 말은 아니다.

이에 반해 짧게 웃는 **피**나 **풋**은 한 음절만 유지해야 본뜻이 잘 살아나며, 싱겁게 얼핏 한 번 웃는 **씩**처럼 반복하면 전혀 다른 뜻('씩씩'은 숨을 매우 가쁘고 거칠게 쉬는 소리)이 되기도 한다.

이제 더 크게 웃는 웃음을 표현하는 말이다. 웃음소리가 큰 웃음 중에서도 어수선하기로는 **와작와작**이 으뜸인데, 시장이나 잔칫집에서 자주 보이고 들린다. **까르르, 재그르르·딱따그르르** 등도 모두 자지러지게 웃는 웃음으로, '한꺼번에 또는 여럿이'라는 조건이 달리며 '-르르'로 끝난다. 마침 '우르르'가 '사람이나 동물 따위가 한꺼번에 움직이거나 한곳에 몰리는 모양'이라는 뜻이니 '-르르'에는 무언가 모으는 힘이 있는 건가. 또 '르르'를 발음하면 혀끝이 천장에 닿으면서 무언가 굴러가는 듯한 소리가 나는데, 꼭 한꺼번에 많은 사람이 웃는 소리의 울림을 닮았다.

정리하자면 웃음과 관련된 의성의태어 대부분 첫 음절 초성이 'ㄲ' 'ㅋ' 'ㅂ' 'ㅅ' 'ㅎ'으로 이뤄진다. 초성이 다른 자음인 경우는 **와작와작, 재그르르·딱따그르르**뿐이다. 예사소리 'ㄱ'의 된소리와 거센소리인 'ㄲ' 'ㅋ'을 포함해 'ㅂ' 'ㅅ' 'ㅎ' 모두 소리를 낼 때 성대를 진동시키지 않는 무성음(無聲音 안울림소리)인데, 다음에 소개할 울음을 대표하는 의성의태어의 초성이 대체로 유성음(**無聲音** 울림소리)인 점과 대조를 이룬다.

성공과 베풂은 다시 너를 돕는다

Succeed and give, and it helps you live

하나 너의 죽음은 아무도 도울 수 없다

But no man can help you die

즐거움의 품은 넓기도 해

There is room in the halls of pleasure

길고 화려한 행렬을 받아들인다

For a long and lordly train

하지만 일렬로 지나야 하는 때도 있다

But one by one we must all file on

좁은 고통의 통로를 지날 때

Through the narrow aisles of pain

'고독'이라는 시는 제목이 왜 그러한지 알 만하게 장렬하게 끝을 맺는다. 수많은 기쁨의 갈래를 작은 틀에 가두지 말고, 사는 동안 마음껏 즐거워하라고 말한다. 소리 없이 웃고 큰 소리로 웃고 여럿이 함께 웃으라 한다.

세상에서 가장
아름다운 꽃

새벽녘 늙은 붕(鵬)한 마리가 둥지 위 하늘을 휘돕니다. 다시 둥지에 내려 앉은 붕의 걸음은 의기양양합니다. 하늘에서 무슨 좋은 일이라도 있었는 지 계속 **실실** 웃더니 이내 못 참겠다는 듯 크게 웃습니다. **껄껄**인가 싶기 도 하고 **깔깔**인가 싶기도 한 크고 우렁찬 웃음소리입니다. 마침 둥지 정 리를 하던 아내는 남편의 웃는 모습이 신기한지 연신 **봉싯봉싯** 따라 웃 으며 눈웃음과 볼우물을 만들었습니다.

"어찌 그리 자꾸 웃으시나요?"

아내는 기대에 찬 눈으로 남편을 바라봅니다.

"그게 말이에요. 좀 전에 저 산마루 근처를 날아가다가 승천하던 봉황 내 외를 만났는데, 그중 황이 죽실(竹實)이 열렸냐고 내게 묻더군요. 열려면 아직 한참 멀었다고 답하니 봉이 난데없이 '대나무는 참 버릴 게 없는 나 무야' 그러지 않겠어요.

"이보게, 대나무는 나무가 아니라네" 하고 친절히 일러 주었건만 '내 평 생 대나무 열매를 먹고 살았는데 무슨 소린가. 대나무가 나무가 아니라는 소리는 처음 듣네그려'라면서 **비식비식** 비웃더란 말이지요. 내 그래서 대나무가 왜 나무가 아닌지 한참을 설명했더니 뒤늦게 진실을 알았다며 무척이나 기뻐하지 뭐예요."

"당신도 참. 대나무를 나무라고 믿는 이가 태반인데 새삼 왜 그러셨어요."

"그래서 세상이 이 모양 이 꼴인 게요. 모르면서 아는 체하고, 모르는데 안다고 믿고 사니 진실이 설 자리가 있는 겝니다. 오늘에라도 봉황 내외가 대나무가 나무가 아니라는 사실을 알았으니 기분이 좋습니다그려."

환한 얼굴의 아버지를 본 아들도 **빙그레** 웃는 얼굴로 아침 문안을 합니다. 뒤따르는 며느리도 **봉실봉실** 웃는 얼굴입니다. 부시시 깨어난 어린 손자는 **푸시시** 웃다가 이내 진지한 얼굴로 할아버지에게 묻습니다.

"할아버지는 늘 옛 붕 말씀 하나 틀린 거 없다고 하셨잖아요. 그런 붕들께서 나무도 아닌 대나무를 왜 나무라고 여겼을까요?"

할아버지는 헛기침을 하며 마땅한 답을 구하지 못한 듯 난처한 얼굴이 됩니다. 이때, **싱글벙글** 웃던 할머니가 갑자기 손자 편에 섭니다.

"실은 저 아래 느티나무도 나무가 아니라 풀 아니에요?"

할머니의 농에 붕 가족은 마주 보며 **재그르르** 자지러지게 웃었습니다.

한바탕 웃고 난 다음, 할머니는 손자를 품에 안고 조곤조곤 이야기를 들려줍니다.

"한 해 한 해 너의 날갯죽지가 길어지듯이 나무도 조금씩 자란단다. 겉만 크고 단단해지는 게 아니라 속도 차오르지. 나무에게는 나이테가 있거든. 나이테는 한 해를 잘 살아 낸 나무에게 전하는 신의 선물이란다. 그런데 대나무는 속이 텅 비어 있잖아. 그러니 대나무는 과연 나무일까, 아닐까?"

"나무라는 말이 붙었다고 모두 나무가 아니라는 말씀이시죠? 전 밥풀도 풀이고, 이불도 불인 줄 알았는데 말이에요!"

해죽 웃으며 똑부러지게 말하는 어린 봉을 보며 온 가족은 또 한 번 **딱따그르르** 웃었습니다. 그 사이 갓난 봉이 작은 날개를 퍼덕이며 가족들 품으로 걸어옵니다. 할아버지는 갓난 봉이 **앙글앙글** 귀여운 미소를 짓는 모습을 보며 **아하하** 큰 소리로 웃습니다.

"천 년을 살아 본 꽃 중에 가장 아름다운 꽃은 바로 너희의 웃음꽃이야. 아이고 예쁜 내 새끼들, 우르르 까꿍!"

슬플 때

눈물의
양

훌쩍훌쩍
줄줄
흑흑

잴잴
질질 찔찔

가랑가랑
그렁그렁　　울먹울먹　　찔끔찔끔
글썽글썽

팽

빙 핑

꽉

꺼이꺼이

꺽꺽

왕왕

우네부네

울고불고

울며불며

애고대고

애고지고

에구데구

엉엉

으흐흐   어흐흐   으앙

으흐흑

**소리의
크기**

그대여, 그대여, 울지 말아요

●

인생은 눈물로 시작해 눈물로 끝난다. 첫울음으로 세상에 나오고, 곡소리를 들으며 생을 마감한다. 눈물로 여닫는 인생은 역시나 단맛보다는 쓴맛이 날 때가 많다. 유독 쓰디쓴 날에는 절로 눈물이 난다. 운다고 다 슬픈 건 아니지만 기쁘면 웃듯 슬프면 운다. 눈물은 슬픔을 드러내면서 동시에 슬픔을 씻기기에.

보석처럼 눈물에도 가짜와 진짜가 있다. 여기 두 울음을 떠올리면 그 차이가 확실히 보인다. 공약을 이행하지 못한 위정자가 민심을 잠재우려 진심 없이 흘리는 눈물은 아무리 해도 손수건이 젖지 않는다. 억지 울음은 헛기침처럼 외양만 울음이다.

외딸 결혼식 날, 홀아버지가 흘리는 눈물은 어떠할까. 행여 고운 화장 지워질까 신부의 눈을 제대로 쳐다보지도 못한 채, 애이불비(哀而不悲) 괜시리 먼 산만 쳐다보던 아버지는 집에 돌아와서야 소주 한잔 들이키며 속울음도 함께 삼킨다. 과연 이 두 울음이 같을까. 위정자가 흘린 것은 악어의 눈물이고, 아버지의 삼킨 것은 희로애락, 곧 자신의 한 생애가 응축된 눈물이다.

이처럼 다양한 울음은 '흘린 눈물의 양'과 '울음소리의 크기'를 기준으로 나눌 수 있다. 먼저 슬픔을 담은 울음의 갈래와 그에 어울리는 의성의태어부터 살펴보자. 속울음은 말 그대로 속으로 우는 울음이다. 속울음이 밖으로 터져 나온다면 아무런 거짓이 섞이지 않은 생울음, 큰소리로 울부짖는 용울음·황소울음이 된다. 속울음에 어울리는 의태어는 **꽉**이다. **꽉**은 슬픔을 드러내지 않으려 애써 참거나 견디는 모습으로, 무언가 가득 차거나 힘주어 붙잡을 때도 쓴다. 설움이 꽉 들어차도 눈물을 꽉 붙드는 말이 슬픈 **꽉**이다. **꼭·꾹**도 슬픔을 잘 붙든다. **꽉, 꼭·꾹** 참아 삼킨 눈물은 마음 속 어딘가에 고인다.

꽉, 꼭·꾹 붙들지 않으면 눈물은 금세 고이거나 흐른다. **빙·핑**은 갑자기 눈물이 글썽해지는 모양, **핑**과 비슷한 **팽**은 눈물이 '크게' 글썽해지는 모양을 이른다. 눈에 고일 정도이긴 하지만 굳이 따지자면 눈물의 양은 **빙·핑**보다 **팽**이 더 많다.

슬픔이 북받쳐 가슴에 꽉 찬 **몽클·뭉클**, 격한 감정이 한꺼번에 갑자기 치밀어 오르는 **왈칵·울컥**의 상태에 이르르면 결국 눈물은 **울먹울먹** 터져 나오려 한다. 이때의 눈물은 넘칠 듯 말 듯 **가랑가랑·그렁그렁·글썽글썽** 눈에 고인다.

비로소 눈물이 **찔끔** 흐른다. **찔끔**은 눈물이 조금 흘렀다가 이내 그치는 모양을 뜻한다. 그러다 슬픔에 겨우면 눈물은 **질질·잴잴·찔찔** 양이 늘어난다. 굵어진 눈물은 **줄줄** 흘러내리고, 슬픔이 격해지면 콧물을 들이마시며 **훌쩍훌쩍**, 거칠게 숨 쉬며 **흑흑** 울어 대다

끝내 **으흐흐·으흐흑** 흐느껴 운다.

에라, 모르겠다 목을 놓아 **엉엉** 울고, **에고대고·에구데구** 마구 소리지르며 울고, **애고지고** 몹시도 슬피 운다. **울고불고·우네부네·울며불며** 야단스럽게 울고, 귀가 먹먹할 정도로 크고 시끄럽게 **왕왕** 울고, **꺽꺽** 숨 막히게 울고, **꺼이꺼이** 목이 메도록 요란하게 운다. 부모님 돌아가신 날, 상주는 아이고아이고 서글피 울고, 조문객은 어이어이 따라서 곡을 한다. 죽음을 배웅하는 울음은 사흘을 울어도 모자라다.

하나 아무리 어른이 이래저래 울어 봐야 배고프니 밥 달라는 **으앙** 젖먹이 우는 소리가 제일 크다.

새들은 제 이름을 부르며 운다

●

사람만 우는 게 아니다. 개도 울고 새도 운다. 개소리는 '아무렇게나 지껄이는 조리 없고 당치 않은 말을 비속하게 이르는 말'을 뜻하기도 하는데 새소리는 온전히 '새가 우는 소리'라는 뜻이다. 새는 자신의 영역을 지키며 위험을 알리거나 혹은 사랑을 구하고자 소리를 내는데, 새소리의 곡조가 슬퍼서일까. 새가 내는 소리를 곧 울음소리라고 여기기도 한다. 하지만 새소리의 뜻풀이에 나오는 '울다'는 '짐승, 벌레, 바람 따위가 소리를 내다'라는 뜻으로, 슬픔에 겨운 울음과는 다르다.

<새들은 제 이름을 부르며 운다>라는 소설 제목처럼 새의 울음소리는 제 이름을 그대로 반복하는 경우가 많다. **깟깟**(까치)·**까옥**(까마귀)·**깍**(까마귀나 까치)은 어떤 새의 울음소리인지 다소 헷갈리지만 **기럭기럭·꾀꼴꾀꼴·따옥따옥·뜸북뜸북·부엉부엉·뻐꾹뻐꾹·소쩍소쩍**처럼 단박에 알아챌 울음소리도 많다. 왜가리 우는 소리인 **왝왝**도 이름과 밀접해 보인다. 이런 의성어는 다소 성의 없어 보이기도 하지만 한 번 들으면 쉬이 잊히지 않는다.

이름과 무관한 새소리도 재미나다. **꺽꺽**(장끼), **골각골각**(까마귀), **곳구룽**(꾀꼬리)은 울음소리만 듣고는 어떤 새소리인지 도통 모르

겠다. 한 동요 노랫말에 등장하는 **지지배배**는 종다리나 제비 따위의 새가 지저귀는 소리라 하는데 그 유래가 궁금하다. 누가 들었는지 솔개 우는 소리는 '비켜!'가 아니라 **비오**다. 베짱이 울음소리 같은 **배쫑배쫑**도 산새 우는 소리를 싸잡아 이르는 말이다.

대부분의 의성어가 실제 소리와 대체로 다르지만 새소리를 담은 의성어는 그 정도가 심하다. 덕유산국립공원의 새소리 알림판에는 곤줄박이는 '츠쯔삐삣', 박새는 '쮸삣쮸빗', 진박새는 '스치삣스치삣', 어치는 '꽈악꽈악', 검은등뻐꾸기는 '호호호호오', 직박구리는 '삐리히욧' 운다고 쓰여 있었다. 가장 재미난 울음소리는 노랑턱멧새의 '춧찌찌삐리이오릿'이었다. 본래 소리에 가깝게 묘사하려 애쓴 흔적이 메아리처럼 심중을 파고들었다.

이처럼 들리는 대로만 받아쓰면 의성어가 되지만, 통용되지 않은 말로는 소통할 수 없다. 그렇다고 새소리 하나 마음대로 지어 부를 수 없다며 절망할 필요도 없다. 여전히 의성어의 세계는 새의 영토만큼이나 무한하니까.

눈물
없던 세상

태초에 사람은 울지 않았습니다. 슬픔을 느낄 수는 있지만 울 수는 없었습니다. 남자와 여자, 단 두 사람을 만들고 지쳐 버린 조물주가 마지막으로 물주머니를 넣는다는 걸 깜빡한 채 둘을 세상을 내보냈기 때문이었죠.

웬걸, 눈물이 없어도 될 줄 알았던 삶은 슬픔으로 가득했습니다. 세상이 넓어 슬프고, 외로워 슬펐습니다. 낮은 더워서 슬프고, 밤은 길어서 슬펐습니다. 슬픈 일이 가득해도 표현할 길이 없어 슬펐습니다. 살면 살수록 슬픔은 사라지기는커녕 더 깊어졌습니다.

뒤늦게 이 사실을 안 조물주는 남자와 여자의 슬픔을 달래려 급히 아이하나를 만들어 세상으로 내보냈습니다. 아이에게 세상은 온통 신비와 재미로 가득한 곳이었지만, 아이가 생겨 기뻐할 줄 알았던 남자와 여자는 아이에게 먹일 게 부족해 슬프고, 입힐 게 없어 슬펐습니다.

아이는 하루 종일 새소리를 흉내내며 놀았습니다. 아이가 처음으로 한 말이 까마귀 울음소리, **까옥**일 정도로요. 그 다음으로 한 말은 **꾀꼴꾀**

꽥! 남자와 여자는 아이의 말을 따라 할 수가 없었습니다. 괴이한 소리를 내는 아이를 보며 더욱 슬퍼할 뿐이었습니다.

아이는 하루에 하나씩 새로운 새소리를 흉내냈습니다. 기럭기럭, 따옥따옥, 뜸북뜸북, 뻐꾹뻐꾹! 밤에도 잠꼬대를 하며 새소리를 따라했습니다.

부엉부엉, 소쩍소쩍!

새들은 자신의 소리를 흉내내는 모습이 신기해 아이를 모든 새가 모여 사는 거대한 둥지로 데려가기로 했습니다. 새 두 마리가 아이의 어깻죽지를 살포시 붙잡고 하늘로 날아올랐습니다. 아이는 하늘을 날며 **꽥꽥** 기뻐했지만, 남자와 여자는 그 모습을 보며 망연자실했습니다.

아이는 둥지에서 더 많은 새를 만났고, 눈을 맞춘 모든 새의 소리를 흉내냈습니다. 그때까지 이름이 없던 새들은 아이가 따라하는 소리를 따라 이름을 짓기로 했습니다. 낮에는 꾀꼬리, 기러기, 따오기, 뜸부기, 뻐꾸기, 밤에는 부엉이와 소쩍새라는 이름이 생겨났습니다.

기쁨에 겨운 새들은 아이의 열 손가락을 하나씩 물고 더 높은 하늘로 날았습니다. 그러자 아이도 마치 한 마리 새가 된 듯 마냥 기뻤습니다.

다시 남자와 여자에게 아이를 데려다 준 새들은 자신들의 새 이름을 지어 준 보답으로 소원 하나를 들어 주겠다고 했습니다. 남자와 여자는 망설임 없이 바닥에 눈물 모양◇을 그렸습니다.

새들은 고개를 갸웃했지만, 남자와 여자는 간절히 빌고 빌었습니다. 새들은 노래가 곧 눈물이 될 수 있다며 **기럭기럭, 꾀꼴꾀꼴, 따옥따옥, 뜸북뜸북, 부엉부엉, 뻐꾹뻐꾹, 소쩍소쩍** 구슬픈 노래를 불렀지만, 남자와 여자는 오로지 눈물만을 바랐습니다.

결국 새들은 조물주에게 부탁해 남자와 여자의 물주머니를 가져왔습니다. 조물주는 남자와 여자의 배꼽 아래 그 눈물주머니를 넣으라고 일렀습니다. 하지만 배꼽이 어디 있는 줄 몰랐던 새들은 남자와 여자의 두 눈 사이, 눈시울 근처에 물주머니를 넣었습니다.

몸 어딘가에 물주머니가 생기자 남자와 여자의 눈가에는 물이 **핑** 고였습니다. 이내 **글썽글썽** 눈물이 고이더니 **울먹울먹** 어깨를 들썩였습니다. **그렁그렁** 고인 눈물은 이내 **질질** 흘러내렸습니다.

남자와 여자는 서로의 볼을 타고 흐르는 눈물을 만지고 맛보며 기뻐했습니다. 여자는 설움에 복받쳐 **흑흑** 거칠게 울고, 남자는 그런 여자의 모습을 보며 **훌쩍훌쩍** 흐느꼈습니다. 그 모습에 여자가 잇달아 으흐흑 소리를 높였고, 남자도 **으흐흐** 울었습니다.

다음날이 되어도 남자와 여자는 눈물이 멈추지 않았습니다. 슬퍼할수록 더욱 슬퍼져 남자와 여자의 울음소리를 갈수록 커져갔습니다. 남자는 아예 땅바닥에 누운 채 **애고대고** 소리를 지르며 울었고, 여자는 **애고지고** 큰소리로 울었습니다. 둘의 울음소리는 먼 산에 부딪혀 **엉엉** 한 덩어리의 메아리로 되돌아왔습니다.

왕왕 귀가 먹먹하도록 크게 울던 남자의 모습에 새들은 혀를 내둘렀습니다. **꺽꺽** 숨이 넘어갈 듯한 소리로 우는 여자의 모습에 할 말을 잃었습니다. 남자와 여자는 이틀 내내 **울고불고** 그야말로 생난리를 쳤습니다.

그러다 한순간, 동시에 울음을 그쳤습니다. 이틀 동안 **꽉** 참고 있던 아이가 더는 못 참고 큰소리로 한마디 했거든요.

"으앙!"

날아가던 새들은 그 소리에 고개를 꺾어 실컷 웃었습니다.

화날 때

화난 정도

			꽥 꿱	고래고래 소리소리
		길길이 아드득	식식 씩씩	아락바락
		가리가리 들락날락	으르렁으르렁	
	옥신각신 콩팔칠팔 티격태격	울끈불끈 화끈화끈		
	발끈 발칵 불끈	바락 버럭		
부글부글 부들부들	욱 팩			
바르르 부르르 파르르 푸르르	볼똑 왜쪽왜쪽			
아웅다웅				

소리나 동작의 크기

화(火)는 어디서 와서 어디로 가는가

●

무언가 못마땅하고 언짢을 때 화가 난다. 화는 절로 나기도 하지만 대체로 연유가 있다. 스스로에게 실망하거나 상대의 언행이 불쾌할 때, 즉 자신이 마음에 들지 않거나 상대가 자신의 마음 같지 않을 때 화가 난다. 나와 네가 다른데, 내 마음과 네 마음이 같아야 한다는 생각은 왜 그리도 자연스러운지.

화는 목소리와 동작, 성미에 고루 배어 들지만, 기침이나 사랑과 달라서 참으면 참아지지만 못 참을 때도 많다. 화는 갑자기 나기도, 점점 커지기도 한다. 나와 너 중 누군가 화를 키우거나 북돋기도 한다.

안 그래도 마음이 **뒤숭숭** 어수선한데 상대가 **알짱알짱** 일없이 괜스레 주위를 맴돌며 **요러쿵조러쿵** 말을 늘어놓으면 마음이 **쓰레** 언짢아진다. **이기죽이기죽** 짓궂게 빈정거리고 **깐족깐족·깐죽깐죽** 쓸데없는 소리를 밉살스럽게 지껄이면 화는 슬슬 밖으로 나갈 채비를 한다.

상대가 자꾸 기를 쓰며 **박박·빡빡** 우기거나, 버젓이 잘못하고도 '내가 옳지, 네가 옳냐' 억지를 부리며 **벅벅·뻑뻑** 혹은 **바득바득** 우기고, 좀스럽고 인색하게 **시시콜콜** 따지거나 **옴니암니·암니옴니**

자질구레하게 셈하면 비 온 뒤 죽순처럼 화도 쑥쑥 자란다.

'어젯밤에 왜 당신이 밥값을 냈어? 나도 한번쯤 사고 싶은데'라며 마음에도 없는 소리를 해대며 **아웅다웅** 실랑이를 할 때까지는 서로를 '아기야, 자기야' 부를 때처럼 아기자기 애교스럽지만, '밥 한 끼 사고 거 되게 생색내네. 다음에는 내가 산다 사'라는 곱지 않은 말에 '무슨 말을 그 따위로 하냐?' 되받아치다 보면 서로의 잠자던 화가 슬슬 기지개를 켠다. 바늘 같던 화는 금세 소 같은 화가 되어 그 어디든 투우장이 된다.

급기야 고향의 삼촌 이름 같아 어지간하면 하지 않으려 했던 **왕배덕배** 악다구니를 쓰고, '옥을 깎아 만들면 옥신이지 각신이냐'며 **옥신각신**, '티셔츠에도 격이 있는데 너는 뭘 입어도 태가 안 난다'며 **티격태격** 어깨를 겨루다가 '콩 심은 데 난 게 콩이야 팥이야?' **콩팥칠팔** 시비조로 따지면 그야말로 제대로 열불이 터진다. 얼굴은 붉어지고, 목소리는 커지고, 온몸을 부르르 떤다.

화가 나는 이유도 가지가지지만 화를 내는 모습도 그에 뒤지지 않는다. '별일도 아닌데 화를 내고 XX이야'라는 말을 내뱉을 때는 주로 상대가 **바르르·파르르** 떨며 대수롭지 않은 일에 발칵 성을 낼 때다. 소변 본 다음의 떨림과 비슷한 **부르르·푸르르**는 가볍게 성을 내는 모습이다. '네 목소리는 다 듣기 싫은데 화내면 더 듣기 싫어'라고 말할 때 **바르르·파르르** 떤다면, '너 미워' 하고 돌아설 때는 **부르르·푸르르** 떤다.

화를 내는 모양은 '갑자기'와 '매우'로 나눌 수 있다. **바르르·파르르**, **부르르·푸르르** 모두 '갑자기' 내는 화다. 화를 내는 당사자는 보통 참을 만큼 참다가 내지만, 화를 당하는(?) 입장에서는 상대의 화가 갑작스럽고 지나칠 때가 많다.

갑작스러운 화 중에 그나마 귀엽게 봐줄 만한 것은 **볼똑**이다. 경망스럽긴 하지만 큰 화는 아니다. 걸핏하면 성이 나 토라지는 **왜쭉왜쭉**도 참을 만하다. 그러나 갑자기 **팩**하고 성을 내고 욱하고 화를 내면, 상대도 덩달아 **발끈·발칵** 성이 나고 **불뚝** 화가 난다. 결국 온몸이 불에 달군 쇳덩이처럼 갑자기 **화끈화끈** 달아오르기도 한다.

상대가 매우 화를 내면 차라리 잠자코 당하는 게 상책이다. **바락·버럭** 기를 쓰거나 **부득부득** 함께 억지를 부리면 상황은 악화된다. 그럼 또 상대가 되받아치며 **펄떡펄떡·팔딱팔딱** 날뛰고 이쪽에서도 이에 뒤질세라 **길길이** 날뛰게 된다. 이쯤 되면 **가리가리** 찢긴 마음 따라 추억의 사진 몇 장쯤 **갈가리** 찢어진다.

지성과 이성이 **들락날락·들랑날랑** 있다가 없다가 하면서, 얼굴빛은 누르렀다 푸르렀다 하며 **누르락푸르락**, 누르렀다 붉으렀다 하며 **누르락붉으락** 하는 모습에 카멜레온 저리 간다. **불끈** 사납게 성을 내며 **아락바락** 기를 쓰고 대들며 주거니받거니 하다 보면 결국 한쪽에서 **꽥·꽥**, 그럼 또 한쪽에서는 **고래고래** 혹은 **소리소리** 지른다. 한동안 화가 식지 않아 **식식·씩씩** 거친 숨을 쉬며 **아드득** 이를 야무지게 갈면서 말이다.

만약 상대가 아무리 화낸다 해도, **부들부들** 떨면서라도 **부글부글** 끓어오르는 마음을 억누른다면 어떨까. 마음에 명경 같은 호수가 들이차고 평화의 기운이 가녀린 영혼을 포근이 감쌀까. 그건 성인 과 현자의 일, 우리는 필부필부 아니던가. 역시 화는 내야 제맛이 다. 참으면 병 된다.

싸우다
정든다

추수가 끝난 가을 들판에서 '쥐떼 대전'이 벌어졌습니다. 등줄쥐 대 멧밭쥐의 지리한 종족 싸움이 급기야 큰 전쟁으로 이어지고 말았습니다. 등줄쥐는 우리나라에 사는 쥐 중에 가장 흔하고, 멧밭쥐는 가장 몸집이 작습니다. 등줄쥐는 개체 수가 월등하고, 멧밭쥐는 날렵한 몸놀림을 자랑합니다.

올해도 어김없이 달빛 아래 두 무리의 쥐가 마주섰습니다. 선두에 선 등줄쥐 대장이 멧밭쥐 무리 쪽으로 성큼 한 발을 내밀었습니다.

"야, 멧 밭 쥐! 넌 네 이름 부를 줄 아냐? 도대체 부르라고 만든 이름이 왜 그렇게 어려워?"

등줄쥐 대장이 **이기죽이기죽** 짓궂게 빈정거렸습니다. 멧밭쥐 대장도 뒤지지 않고 등줄쥐 무리 앞을 **알짱알짱** 오가며 **요러쿵조러쿵** 말을 늘어놓았습니다.

"너네 등의 그 줄무늬 말이야. 모여 있으니까 꼭 횡단보도 같은 거 알지?"

멧밭쥐 대장이 **깐족깐족** 약을 올리자 등줄쥐 대장이 **볼똑** 성을 냈습니다.

"그 짧은 다리로 횡단보도를 건너다간 해가 바뀔 걸!"

등줄쥐와 멧밭쥐의 오랜 종족 갈등, 그 명분은 참 대단합니다. 등줄쥐와 멧밭쥐에게 인종, 종교, 국적, 사회적 지위나 이를 아우르는 가치와 이념 따위는 중요치 않습니다. 그저 서로의 외모가 마음에 들지 않을 뿐이었습니다. 등줄쥐는 멧밭쥐의 작은 체구를, 멧밭쥐는 등줄쥐의 등줄을 무척이나 싫어했습니다.

두 종족은 어쩌다 뒷골목에서 만나면 '나 잘났네, 너 못났네' **박박** 우기며, '네가 비켜라, 내가 먼저다' **시시콜콜** 따지고 들었습니다. 서로의 길지도 않은 이를 대보며 **옴니암니** 다투고, 서로의 길지도 않은 발가락을 견주며 **옥신각신** 겨루었습니다.

최근 들어서는 등줄쥐가 인간에게 유행성출혈열과 쓰쓰가무시병을 옮긴다는 사실이 알려지면서 싸움은 더욱 유치해졌습니다.

"너네 때문에 온 세계 쥐가 다 죽게 생겼어. 더럽게 그런 건 왜 옮겨서 들쥐 소탕작전 같은 걸 하게 만드냐고?"

"우리가 그거라도 안 하면 사람들이 우리를 얼마나 쥐새끼처럼 보겠냐? 우리 덕에 너네 체면까지 올라간 줄이나 알면 되거든!"

더는 참지 못한 등줄쥐와 멧밭쥐가 대장의 공격 신호에 맞춰 일대일로 맞붙었습니다. 등줄쥐가 '너 죽고 나 살자' **고래고래** 외치면 멧밭쥐가 '나 살고 너 죽자' 맞받아치며 **소리소리** 질렀습니다.

그 우렁찬 소리에 소쩍새 한 마리가 고개를 돌려 들녘을 바라보았습니다. 소쩍새는 기분 좋은 얼굴로 미소를 지으며 혼잣말을 했습니다.

"오늘 쟤네 내가 다 먹는 건가."

소쩍새는 한 치의 망설임도 없이 들녘을 향해 날았습니다. 그런데 웬걸, 뒤엉켜 있던 등줄쥐와 멧밭쥐는 계속 싸우기 위해 서로를 재빠르게 구하는 게 아니겠어요.

"야, 등 뒤 세 시 방향에 소쩍새!"

등줄쥐가 이렇게 외치면 멧밭쥐가 등줄쥐에게 착 달라붙어 함께 풀숲으로 몸을 숨겼습니다. 번번이 허탕을 치던 소쩍새는 슬슬 약이 올랐습니다. 왼쪽 다리 새끼발가락으로도 잡던 쥐새끼를 자꾸 놓치니 **발끈** 성이 났습니다. 사냥에 연달아 실패하자 참다 못한 소쩍새는 온 깃을 **파르르** 떨며 다시 아까시나무로 돌아갔습니다.

큰 느티나무 둥지에서 이 모습을 지켜보던 올빼미가 소쩍새와 공중에서 깃을 부딪히며 바통을 넘겨받았습니다. 소쩍새보다 덩치가 큰 올빼미는 쥐뿐 아니라 토끼까지 잡아먹는데 이게 웬일입니까.

등줄쥐와 멧밭쥐는 아까보다 더 날렵하게 몸을 숨기는 게 아니겠어요. 올빼미의 날카로운 부리에는 매번 쥐 대신 풀무더기만 가득했지요. **부글부글** 화가 차오르던 올빼미가 **바락** 소리를 질렀습니다.

"잡히면 아주 **가리가리** 찢어 죽이고 말려 죽일 테다!"

올빼미는 얼마나 화가 났는지 **씩씩** 거친 숨을 쉬며 얼굴빛이 **누르락붉으락** 변했습니다.

"오랜만에 올빼미 울음소리를 다 들어 보는군!"

어디선가 뒷짐을 진 듯 근엄한 목소리가 들렸습니다. 공중의 제왕 수리부엉이네요. 이 성찬을 수리부엉이가 놓칠 리 없죠.

"내 수준에는 꿩이 어울리지만 쥐가 떼로 있다면 얘기가 다르지."

멋진 귀깃을 세운 수리부엉이가 소리 없이 비행을 시작합니다. 그러나 등줄쥐와 멧밭쥐의 싸움에 대한 열정은 수리부엉이의 야욕도 이기고 말았습니다. 첫 사냥에 실패한 수리부엉이의 뒤통수에 대고 등줄쥐 대장이 열정적으로 외쳤습니다.

"물수리는 너무 큰 물고기를 잡으면 발톱이 박혀 같이 물에 빠져 죽기도 한다지."

아무래도 등줄쥐 대장이 계속 도망을 치다 보니 정신이 **들락날락** 하는가 보았습니다. 소쩍새, 올빼미처럼 올빼밋과에 속하지만, 수리라는 이름을 달아 늘 수릿과 친구들에게 고마운 마음을 가진 수리부엉이는 그 말에 얼굴이 **화끈화끈** 달아올랐습니다.

"어떤 쥐새끼가 헛소리를 지껄여?"

수리부엉이는 얼마나 화가 났는지 **꿱꿱** 소리를 질렀습니다. 하늘 높이 귓깃을 세우고 **아락바락** 성을 냈습니다. 이도 없는데 **아드득** 이 가는 소리를 내며 **길길이** 날뛰었습니다. 등줄쥐 대장을 뒤쫓아 들녘을 향해 날아올랐지만, 멧밭쥐의 도움을 받은 등줄쥐는 더 재빨리 풀숲으로 몸을 피할 뿐이었습니다.

"어서 나한테 발톱을 박아 우리 쥐 굴에 끼어 죽게 해 줄 테니까."

더는 참을 수 없던 수리부엉이는 최후의 방법을 쓰기로 했습니다. 체면을 내던지고 수릿과의 황조롱이, 말똥가리, 참매에게 전갈을 보냈지요.

"오늘 멋진 사냥터가 마련되었으니 어여들 오시게!"

이 땅에서 쥐를 잡아먹고 사는 모든 맹금류가 들녘으로 모여들었습니다. 제일 늦게 전갈을 받은 솔개마저 **비오** 신비로운 소리를 내며 산맥을 넘어왔습니다.

등줄쥐와 멧밭쥐도 이제는 긴장하지 않을 수 없었습니다. 한 조가 된 두 쥐는 살아남아야 한다는 사명감으로 뭉친 하나의 운명 공동체가 되었습니다. '내가 살아야 나도 산다'는 말을 눈빛으로 전하며 서로를 응원했습니다. '저 간악한 부리와 서슬 같은 발톱으로부터 우리의 존귀한 삶을 지키자. 갈가리 찢기는 그 순간까지 우리는 하나!'라며 결의를 다졌습니다.

밤새 치러진 쥐떼 대전은 엄청난 쥐 사상자를 내며 끝을 맺었지만, 싸우다 정든다더니 등줄쥐와 멧밭쥐는 밤 사이가 우애가 깊어졌습니다. 그날 생애 최고의 만찬을 즐긴 맹금류들은 두 종족의 2차대전만을 고대하는데 말이지요.

신날 때

흥겨운
정도

춤의
종류

덩드럭덩드럭
뚱땅뚱땅
띵까띵까
얼싸절싸

당실·덩실
더덩실
동기동기
시르렁둥당
쿵쿵

덩더쿵
들썩

동동
쿵더쿵
흥얼흥얼

| 발장단 | 엉덩춤
궁둥춤
어깨춤 | 나풀춤
너울춤 | 사자춤
탈춤 |

아싸 신난다! 얼쑤 흥겹다!

●

신은 신인데 못 신는 신은? '신나다' 할 때의 신(흥미나 열성이 생겨 매우 좋아진 기분)이다. 흥은 흥인데 비웃지 않는 흥은? '흥겹다' 할 때의 흥(興 재미나 즐거움을 일어나게 하는 감정)이다. 신나고 흥겨우면 팔다리가 가만히 있지 못하고 온몸이 들썩이는데, 신나고 흥겨운 정도에 따라 신체 표현도 달라진다.

가장 가벼운 표현으로는 '족박자'라 불리는 발장단이 있는데, 이는 발끝이나 발뒤꿈치를 들썩이며 장단을 맞추는 행위다. 여기서 발전한 가벼운 춤은 엉덩춤·궁둥춤, 어깨춤이다. 말 그대로 엉덩이나 어깨 등 신체 일부로만 추는 춤이다. 그중 엉덩춤·궁둥춤은 엉덩이를 들썩들썩하는 짓으로 매우 기쁘거나 신이 나면 절로 나온다. 하니 기쁘지도 신나지도 않은데 억지로 추면 무효!

어깨춤도 신을 표현한 것으로 어깨를 으쓱으쓱하는 짓이다. 둘 다 춤이라기보다는 신나는 기분을 표현한 몸짓에 가깝다. 참고로 어깨춤에서 첫 음절을 지운 깨춤은 볶으면 톡톡 튀는 깨처럼 보다 가벼운 몸짓이다.

새의 활짝 편 두 날개, 곧 활개처럼 두 팔을 내저으며 추는 활개춤은 앞선 춤에 비하면 훨씬 동작이 크다. 그중 나풀춤은 활개춤의 어린이 버전이다. 여기에 다리까지 제대로 움직이면 보다 춤다워진다. 표현하려는 바가 잔물결도 아니고 바다의 크고 사나운 물결, 너울처럼 대단한 너울춤은 흥이 꽤나 오른 상태에서만 나온다. 꿀벌이 꽃밭의 위치를 알리며 추는 둘레춤도 너울춤의 일종이고, 제멋대로 추는 막춤도 좋게 보면 너울춤이다.

이보다 더한 신명을 표현한 춤은 탈춤이다. 1972년 대학가요제 은상 수상곡이기도 한 '탈춤'의 노랫말처럼 탈춤은 '얼굴을 가리고 마음을 숨기고, 어깨를 흔들며 고개를 저으'며 추는 춤이다. '소맷자락 휘날리며 덩실덩실' 혹은 '한삼자락 휘감으며 비틀비틀' 추는 춤이다. 사자탈을 쓰고 온몸을 마구 흔들어대는 사자춤은 탈춤 중에서도 신명으로는 으뜸이지 싶다. 탈을 쓰면 자신을 넘어 탈의 자아가 되니 그 신명 또한 한계를 넘어설 테다.

춤과 노래에 어울리는 말은 하나같이 신명 난다. **흥얼흥얼** 입 속으로 노래를 따라 부르고, 흥에 겨워 마음 내키는 대로 **에헤** 소리를 내며, **허허둥둥** 장단을 맞춘다. 리듬을 타며 어깨를 **들썩**, 흥에 겨워 팔다리를 놀려 **당실·덩실·더덩실** 춤을 춘다. 얼씨구 장단을 맞추며 **얼싸절싸** 뛰논다.

춤이 있는 데 풍류가 빠질소냐. 줄풍류, 대풍류 다 모여라. **동동·콩작콩** 작은북과 **쿵더쿵·두리둥둥** 큰북과 **쿵쿵·덩더꿍** 장구소리가, **동기동기** 가야금과 비파 소리 크게 울려 퍼져라. **시르렁둥당·**

뚱땅뚱땅 온갖 악기 다 두드리며 신나게 **띵까띵까**, 떠들썩하게 **덩드럭덩드럭** 한바탕 잔치를 벌려 보자.

제1회
신명제

올해 봄, 숲에서 처음으로 신명제가 열립니다. 겨우내 움츠린 기운을 마음껏 펼쳐 보자는 취지로 척추동물연합회에서 야심차게 마련한 축제지요. 축제일은 봄이 열린다는 입춘으로 정했습니다.

신명제는 이 땅의 동물이면 누구나 참가할 수 있으며, 무조건 신명 나게 놀아야 하는 별난 축제입니다. 가장 신명 나게 논 동물에게는 하루 동안 숲의 통치권을 부상으로 주기로 합니다.

부상 때문인지 예상대로 수많은 동물이 대거 참가 신청서를 냈습니다. 개체 수가 적어 더 무력했던 동물들이 앞다투어 창구 앞에 줄을 섰습니다. 참가 접수는 흰등줄스컹크가 맡았습니다.

"세띠아르마딜로? 이게 본명이야?"

흰등줄스컹크는 신청서에 적힌 생소한 이름을 보고는 <척추동물대사전>을 펼쳤습니다. 북아메리카에 사는 흰등줄스컹크에게 남아메리카에 사는 세띠아르마딜로는 낯설 수밖에 없었지요.

어쨌든 신청서를 접수한 세띠아르마딜로는 심사위원단 앞에서 예심을 치렀습니다. 입으로 **흥얼흥얼** 노래를 부르며 발장단을 구르던 세띠아르마딜로는 허리의 세 줄 띠를 이용해 몸을 공처럼 동그랗게 말았습니다. 띠가 여섯 개나 있어도 몸을 말지 못하는 여섯띠아르마딜로는 그저 세띠아르마딜로를 응원하며 **동동** 작은북을 울렸습니다.

"통과!"

심사위원장인 빨간캥거루의 외침에 여섯띠아르마딜로는 세띠아르마딜로를 굴리며 신나게 퇴장했습니다. 이번에는 새 한 마리가 창구에 날아들었습니다. 다리가 엉덩이 끝에 붙어 잘 걷지 못하는 그 새는 성명란에 '아비'라고 썼습니다. 신청서를 받아 든 흰등줄스컹크는 피식 웃었습니다.

"성명란에는 집에서의 역할이 아니라 자신의 종명, 종족 이름을 써야죠. 이런 식이라면 내 이름은 어미게요?"

"전 아비목 아비과의 아비라는 새입니다."

흰등줄스컹크는 이번에는 <조류대백과>를 펼쳤고, 마침내 아비의 이름을 확인하고는 바로 사과했습니다. 미안한 마음에 **쿵더쿵** 큰북까지 쳐 주었습니다. 아비는 북소리 장단에 맞춰 엉덩이를 들썩이며 엉덩춤을 추는가 싶더니 이내 접수 창구 옆에 마련된 투명한 수조로 날아들었습니다.

땅에서와는 달리 아주 날렵하고 멋진 모습이었습니다. 깊은 물속을 휘돌며 회오리를 일으키는가 하면, 긴 두 날개를 펼쳐 활개춤을 추었습니다. 아비는 공중을 날 때보다 물속에서 더 자유로워 보였습니다.

얼마나 열심히 춤을 추었던지 수조 밖으로 나온 아비의 두 눈은 새빨개져 있었습니다. 이를 본 붉은캥거루가 걱정스러운 얼굴로 바라보있습니다. 아비는 여전히 흥이 가시지 않은 얼굴로 흥겹게 말했습니다.

"원래 빨간 색이에요!"

그때, 어디선가 한 무리의 곤충이 날아들었습니다. 흰등줄스컹크는 야광봉을 좌우로 흔들며 참가 신청서도 내지 않고 창구를 지나치려는 이들의 출입을 막았습니다. 그러자 맨 앞에서 날던 곤충 무리의 우두머리가 작은 종이 하나를 떨어뜨렸습니다. 발신지는 절지동물연합회였습니다.

"척추동물연합회의 제1회 신명제를 축하합니다. 하여 옥색긴꼬리산누에나방무용단을 축하 사절로 보냅니다."

해마다 열리는 절지동물연합회의 축제는 동물계에서도 명성이 자자했습니다. 대부분 비행이 가능한 곤충강 회원의 적극적인 참여로 그야말로 축제다운 축제였지요. 그중에서도 자체 악단을 가진 옥색긴꼬리산누에나방무용단은 억만금을 준대도 초대에 쉽사리 응하지 않는 그야말로 특급 사절단이었습니다.

옥색긴꼬리산누에나방은 이름 그대로 날개가 고운 옥색이며 꼬리 돌기가 길게 뻗어 있어, 날개를 조금만 팔락거려도 파도처럼 너울너울 아름다운 춤사위를 선보이는 전설의 무용수들이었습니다.

열화와 같은 박수와 함께 옥색긴꼬리산누에나방무용단이 공연을 시작했습니다. **삘리리삘리리** 흥겨운 피리 소리를 시작으로 **두리둥둥** 북과 **덩더꿍** 장구의 가벼운 장단에 맞춰 **시르렁둥당** 거문고가 구슬피 울었습니다.

처연한 음률 속에 달빛을 받은 수십 마리의 옥색긴꼬리산누에나방이 공중에서 원을 그리며 너울춤을 추자, 이를 지켜보던 이들은 모두 넋을 잃고 말았습니다. 옥색긴꼬리산누에나방의 날개에 그려진 눈알 같은 동그란 무늬가 달빛에 더욱 선명하게 빛났습니다.

특급 사절단의 공연 소식이 퍼져 나가면서 신청서는 나날이 늘어갔습니다. 그 소식은 호랑이와 사자 같은 맹수가 대거 가입해 있는 재림고양이과종친회에도 전해졌습니다. 아무래도 축제가 호황을 이뤄 피식자 중 누군가 숲을 지배하게 되고, 권력의 맛을 알게 된다면 이거 참 큰일이라며 불안해했습니다.

종친회에서는 축제 사무국에 치타를 급파했습니다. 순식간에 달려온 치타는 급한 숨을 들이쉬며 피 묻은 양피지를 퉤 뱉었습니다. '축제 강행 시 고양이과종친회는 척추동물연합회에서 탈퇴해 독자적인 노선을 취하겠다'는 전갈이었습니다.

축제가 열리길 원하는 다른 척추동물들은 안타까웠습니다. 이대로 축제가 열리지 못할까 봐 속이 답답했습니다. 한순간, 흰등줄스컹크가 치타의 얼굴에 노란 똥물을 쏘았습니다. 냄새도 냄새지만 그 똥물을 맞으면 한동안 앞을 볼 수 없답니다. 빨간캥거루는 에라 모르겠다는 심정으로 참가자들을 향해 크게 외쳤습니다.

"바로 오늘이 축제예요. 우리 내일이 없는 것처럼 신나게 한바탕 놀아 봐요!"

쿵쿵 큰 북 울리는 소리를 신호로 모든 악기가 **띵까띵까** 흥겹고 요란한 소리를 냈습니다. 옥색긴꼬리산누에나방은 공중에서, 아비는 물속에서, 세띠아르마딜로는 땅 위에서 신명 나게 춤을 추었습니다. 모두가 하나 되어 **덩드럭덩드럭** 떠들썩하게 놀았습니다. 어찌나 좋은지 하나같이 뜨거운 눈물을 줄줄 흘렸습니다.

설렐 때

심박수

쿵쿵
털썩
흠칫

빨긋빨긋
콩닥콩닥
(쌍방이질)

덜컥
콩콩

두근두근
발그레
벌렁벌렁
(방망이질)

철렁
출렁

달막달막
들먹들먹
발그무레 발그레
올랑올랑
울렁울렁

순간적   연속적   **지속성**

다시 설렌다 말할까

●

"무슨 선물 받고 싶어?" 묻는 친구의 말에 잠시도 망설이지 않고 "설렘 5만 원어치!"라고 답했다. 나이에 비례해 팍팍 늘어나 나잇살과 달리 설렘은 구멍 난 독의 물처럼 팍팍 줄어들기에.

'설레다'는 '마음이 가라앉지 아니하고 들떠서 두근거리다' 외에 '물 따위가 설설 끓거나 일렁거리다'는 뜻이 있다. 그러고 보니 설렐 때의 마음이 딱 물 끓을 때와 비슷하다. 설레면 딱딱하게 굳은 줄 알았던 심장이 물주머니가 된 양 잔바람에도 출렁댄다. 그래서인지 '설레다' 말고 설레는 상태를 표현하는 동사 중에는 움직이는 물, 곧 물결이나 파도의 형상을 그린 단어가 많다.

끓어넘치다(어떤 심리 현상이나 분위기가 몹시 설레어 움직이다), 물결치다(파도처럼 크게 움직이거나 설레다), 소용돌다(힘이나 사상, 감정 따위가 힘차게 설레어 움직이다), 여울지다·여울치다(물살이 세게 흐르는 여울처럼 감정 따위가 힘차게 설레거나 움직이다), 철렁이다·철렁하다(어떤 일에 놀라서 가슴이 설레다), 출렁이다(마음이 설레다), 회오리치다(어떤 감정, 기세, 사상 따위가 세차게 설레어 움직이다) 등이 그렇다. 그러나 이같은 동사의 어근은 대부분 명사라서 여기서 파생된 의태어는 **철렁**과 **출렁**뿐이다.

달막거리다·딸막거리다(마음이 자꾸 조금 설레다), 들먹거리다·뜰
먹거리다(마음이 자꾸 설레다), 뚝딱거리다(갑자기 놀라거나 겁이
나서 가슴이 계속 뛰다), 올랑거리다·울렁거리다(놀라거나 두려워
서 가슴이 자꾸 두근거리다) 등 설렘을 품은 동사가 몇 개 더 있는
데, 모두 들썩이다(마음이 들떠서 움직이다)와 비슷한 뜻으로 두
근거림을 형상화한다. 이들 동사의 어근은 대부분 **달막달막**·**들먹**
들먹·**뚝딱뚝딱**·**올랑올랑**·**울렁울렁** 등의 의태어와 연결된다.

설레면 여러 가지 증상이 나타나는데, 가장 자각이 빠른 신체 부위
는 심장이다. 가령 설레는 이유가 이성 때문이라면, 그 이성을 생
각만 해도 가슴이 **두근두근**, 누군가 알아채지 않을까 싶을 정도로
벌렁벌렁 크게 뛴다. 행여 상대가 갑자기 나타나기라도 하면 가슴
은 **덜컥** 내려앉는다.

다가오는 발소리에 **콩콩** 뛰던 심장은 발소리가 가까워질수록 **콩**
닥콩닥 세차게 방망이질 친다. **쿵쿵** 커지는 발소리 따라 심장도 더
크게 **쿵쿵** 뛰며 쌍방망이질 친다. 행여 상대가 **털썩** 어깨에 손이라
도 올리면 **흠칫** 놀라 **털썩** 주저앉기도 한다. 숨은 **탁**·**턱** 막히고 말
이다.

심장과 달리 볼에 내려앉은 설렘은 은근하고 수줍다. 볼은 해 질
녘 하늘처럼 서서히 물든다. 여기서 볼의 붉기를 표현한 의태어는
발그스름한 정도로 구분할 수 있다. '발그스름하다'는 조금 발갛

고, '빨그스름하다'는 조금 빨갛다는 뜻이다. '발갛다'는 밝고 엷게 붉음을, '빨갛다'는 피나 익은 고추와 같이 밝고 짙은 붉음을 뜻한다. 여기서 '피나 익은 고추와 같이'는 저자가 임의로 덧붙인 게 아니라 실제 표준국어대사전에 나오는 표현이다.

참고로 빛깔과 연관된 말의 뜻풀이에는 '-와(과) 같이'라 직유법이 등장하곤 한다. '푸르다'는 맑은 가을 하늘이나 깊은 바다, 풀에, '희다'는 눈이나 우유에, '노랗다'는 병아리나 개나리꽃에 비유한다. 나머지 빛깔은 무엇에 비유할까. 궁금하면 각자 찾아보기로 하고, 발그스름해진 볼이 다시 가라앉기 전에 하던 이야기를 마저 해야겠다.

볼의 발그스름한 정도를 가장 옅은 상태부터 나열하면 다음과 같다.

해뜩발긋(조금 하얗고 발그스름)

발그무레(아주 엷게 발그스름)

발그레(엷게 발그스름)

발긋발긋(매우 발그스름)

빨그레(엷게 빨그스름)

빨긋빨긋(매우 빨그스름)

표준국어대사전처럼 친절하게 설명하자면 발간 것은 복숭아, 빨간 것은 홍옥에 비유할 수 있다.

해뜩발긋은 이제 막 익기 시작한 복숭아처럼 희면서 발개 세게 쥐면 물러질 듯하고, **발그무레·발그레**는 잘 익은 복숭아처럼 대체로 발개서 보기만 해도 기분이 흐뭇하고, **발긋발긋**은 수확 직전의 복숭아처럼 매우 발개 마음까지 발갛게 물들인다. **빨그레**는 익어가는 홍옥처럼 엷게 빨간 빛이 서녘 노을을 닮았고, **빨긋빨긋**은 다 익은 홍옥처럼 윤기가 돌면서 아주 빨개 오랜 정념이 배어든 듯도 하다.

단풍이
붉은 이유

어느 해, 단풍나무가 그만 해에게 반해 버렸습니다. 지난겨울, 폭설에 줄기 끝까지 파묻혀 마지막 숨을 쉬려 할 때 해가 따스한 손길을 내민 그 순간부터요.

봄이 되자 단풍나무는 해만 보면 **흠칫** 놀라며 가슴이 설렜어요. 바다가 들어찬 듯 바람 한 점 없는데도 마음에 **올랑올랑** 물결이 일었습니다. **두 근두근** 가슴이 뛰어 **울렁울렁** 어질할 때가 많았죠. 햇살이 센 정오에는 그 정도가 심했습니다.

마음에 큰 소용돌이가 일고 회오리가 치면 심장은 금세라도 튀어나올 듯 **벌렁벌렁** 뛰었습니다. 작은 햇살에도 가까이에 선 느티나무가 걱정 할 정도로 단풍나무의 줄기에서는 **쿵쿵** 큰 소리가 났습니다.

밤이 되어서야 단풍나무는 평소의 모습으로 돌아갔지만, 유난히 달빛 이 밝으면 해가 나타난 줄 알고 **들먹들먹** 놀라기도 했지요. 숲의 나무들 은 그런 단풍나무가 걱정되었습니다. 저러다 심장병이라도 걸리면 어 쩌나 싶을 정도였거든요.

"어제 직박구리가 그러던데 단풍나무에 내려앉았다가 너무 놀라 심장이 **철렁** 내려앉았었대요. 뭐에 데인 것처럼 줄기가 뜨거웠대요."

"해님은 보기랑 다르게 되게 차갑다던데. 저러다 단풍나무만 상처받으면 이를 어째."

"자기를 좋아하면 성가셔하며 태워 죽이기도 한다죠? 선인장이 해한테 빠져서 죽네 사네 하니까 걔 사는 데를 아주 물 한 방울 없는 사막으로 만들어 버렸잖아요."

"맞다, 맞아. 원래 선인장 잎이 백목련 잎만 했다죠. 사막에서 살아남으려고 그 크던 잎을 바늘처럼 가늘게 만들었으니 그 고통이 얼마나 컸을까. 하도 오래된 일이라 영 잊고 있었네요."

나무들은 선인장을 떠올리며 단풍나무를 걱정했습니다. 뭔가 대책을 세우지 않으면 머지않아 해가 단풍나무의 마음을 알아챌 것만 같았습니다. 그때 느티나무에게 좋은 생각이 떠올랐습니다.

"좋아하는 마음을 안 들키면 되잖아요. 그 마음을 꾹 참았다가 한 번에 몰아서 드러내면 괜찮을지도 몰라요."

무슨 말인지 알아들을 수 없는 표정을 하는 다른 나무들을 뒤로 하고, 느티나무는 곧장 단풍나무에게 말했습니다.

"너도 선인장처럼 되고 싶지 않으면 내 말 잘 들어. 해에게 네 마음을 들켜선 안 돼. 너 요즘 가끔 잎이 **발그레** 붉어지는 거 알아? 해만 나오면 잎이 **발긋발긋** 변한다고. 그러다 해가 네 마음을 알아차리고 말 거야."

느티나무는 앞으로 어떻게 해야 하는지 단풍나무가 알아듣도록 차근차근 설명했습니다. 해가 좋아서 붉어지는 마음을 지금처럼 이파리에 표현하면 되는데, 다만 모든 나무가 단풍이 드는 가을까지 기다렸다가 그때 마음껏 붉어지라고 했습니다.

단풍나무는 자신이 없었습니다. 해만 보면 심장이 **방망이질**도 아니고 **쌍방망이질**을 치는데, 봄과 여름 내내 그 마음을 숨길 자신이 없었습니다. 게다가 봄은 그냥 서 있기만 해도 설레는 계절이잖아요. 단풍나무는 상상만 해도 숨이 **턱** 막혔습니다. 하지만 느티나무의 마지막 말을 듣는 순간, 어쩔 도리가 없었습니다.

"숲이 사막이 되면 우리까지 다 죽는 거야. 그러니까 네 마음을 절대 들켜선 안 돼."

결국 큰 결심을 한 단풍나무는 **털썩** 주저앉고 싶은 순간마다 온 힘을 다해 버텼습니다. 죽을 듯이 숨이 막혀도 다른 나무들을 생각하며 정신을 붙들어맸습니다.

'나 하나 때문에 이 아름다운 숲을 사막으로 만들 수는 없어.'

너무 참아서일까요? 단풍나무의 줄기에서 물이 터져 나오기 시작했습니다. 그 눈물은 짜지 않고 달았습니다. 해를 향한 다디단 마음이 녹아서인지 단맛이 났습니다. 새들이 그 눈물을 닦아 먹었습니다. 그 모습을 지켜보는 숲의 나무들은 마음이 아팠지만, 대신 해 줄 수 있는 일이 없었습니다.

해가 떠 있는 모든 순간이 힘들었지만, 단풍나무는 그래도 꾹 참고 견뎠습니다. 하지만 여름은 정말 힘들었습니다. 단풍나무는 **빨긋빨긋** 붉어진 마음을 드러내지 않으려 이를 악물었지만, 심장은 금방이라도 터질 듯 **딸깍딸깍** 요동쳤습니다. 해가 들어찬 듯 수시로 심장이 벅차고 뜨거워졌습니다.

마침내 가을이 왔습니다. 곁에 선 느티나무는 황금빛으로 곱게 물드는데, 단풍나무만은 여전히 새파랬습니다. 나무들은 여름이 절정이 치달은 어느 날, 단풍나무가 정신을 잃었다는 걸 미처 몰랐습니다. 보다 못한 느티나무가 바람에게 부탁했습니다. 바람은 제 몸의 온도를 낮춰 단풍나무에게 차갑게 불어갔습니다. 순간, 단풍나무가 **흠칫** 놀라며 깨어났습니다.

드디어 단풍나무는 정신을 잃을 정도로 참고 참았던 마음을 한꺼번에 터뜨렸습니다. 느티나무 단풍처럼 황금빛으로만 변하던 단풍나무의 이파리는 노란빛, 주황빛, 분홍빛, 붉은빛으로 변했습니다.

해에게 반한 순간의 달콤한 마음은 꿀처럼 노란빛으로, 그 마음이 여물어 갈 때의 심정은 단감 같은 주황빛으로, 따스한 햇살에 온몸이 나른해지던 순간의 설렘은 진달래꽃 같은 분홍빛으로, 속으로 삭이고 삭인 정념은 불덩이처럼 붉은빛으로 변했습니다. 무지개가 깃든 듯 단풍나무는 순식간에 찬란한 빛으로 변했습니다. 그 자체로 거대한 한 송이 꽃이었습니다.

해는 순식간에 단풍나무에게 매료되었습니다. **벌렁벌렁** 뛰는 가슴을 안고 처음으로 단풍나무에게 말도 건넸습니다.

"네 단풍이 이렇게 아름다운 줄 미처 몰랐구나! 내년 가을에도 지금처럼 멋진 단풍을 보여 주렴."

이제 단풍나무는 숲의 나무가 아니라 해를 위해 멋진 단풍을 만들어야 합니다. 안타깝게도 해를 사랑하는 마음을 다시 꼭꼭 숨긴 채로.

3

형태

앙으 나타나네 ㅃ

느는 양

부쩍

퍽퍽
팍팍

훌쩍

부쩍

팍팍
퍽퍽

똑 쏙
뚝 쑥
훌랑
훌렁

텅

주는 양

훌쩍 늘까, 팍팍 줄까

•

없거나 적음, 많거나 넘침 등 수효와 분량을 표현하고 싶을 때, 의태어는 요긴하다. 특히 '없는 상태'보다 '없어지는 과정'을 잘 담아내는 의태어는 무언가 있다가 없어진 상황을 보다 생생하고 실감나게 표현할 때 유용하다.

홀랑·홀라당, 훌렁·훌러덩, 홀딱은 돈이나 재산 같은 소유물이 전부 사라지는 모양을 이르는 말로 "그 많은 재산을 **홀랑** 다 까먹었네!"와 같이 쓴다. **홀랑** 하나면 엄청난 부자가 알거지가 되는 데 딸랑 0.6초 정도 걸린다.

이중 **홀딱**은 뜻이 여럿이다. 옷이나 가죽이 벗어지거나 무언가 왕창 젖었을 때 쓰는데, 그 앞에 '남김없이'라는 지독한 전제가 달린다. 그래서 **홀딱**이 지나간 자리에는 아무것도 남지 않는다.

홀랑·홀라당, 훌렁·훌러덩, 홀딱과 닮은 말로 **훌쩍**이 있다. 보통의 경우보다 훨씬 더 크거나 커진 때 쓰는 말이라 "키가 **훌쩍** 줄었구나!"라는 말은 잘 하지 않는다. **훌쩍**과 반대로 대번에 줄어들거나 없어지는 말도 있다. 바로 **쏙·쑥**이다. 때가 **쏙·쑥** 빠지고 눈물이 **쏙·쑥** 빠지고 살이 **쏙·쑥** 빠지고 혼이 쏙·쑥 빠진다.

팍팍·퍽퍽도 걷잡기 힘든 성마른 말이다. 그 위력은 일상에도 종종 스민다. "통장 잔고가 **팍팍** 줄어드네!" **홀랑**보다야 낫지만 이처럼 **팍팍**도 강력하다. 재미나게도 **홀랑**과 달리 **팍팍·퍽퍽**은 정반대의 힘도 가졌다. "통장 잔고가 **팍팍** 늘어나네!" **팍팍·퍽퍽**은 많이 없어진 상태와 많이 생겨난 상태, 양극단을 아우른다. **부쩍**도 **팍팍·퍽퍽**처럼 거침없다. 뭐든 **부쩍** 줄이고 **부쩍** 늘인다.

두 글자도 길다며 딱 한 글자로 운명을 뒤바꾸는 무림의 고수가 있었으니 바로 '다 쓰고 없는 모양'을 이르는 **똑·뚝**이다. 그나마 인정이 있어 점진적으로 줄이는 **팍팍**에 비해 **똑·뚝**은 단번에 모든 것을 날려 버린다.

애면글면 떡 팔아 여섯 형제 키우는 홀어미가 빈 독 앞에서 혼잣말을 한다. "쌀이 **똑** 떨어졌네." 쌀 살 돈이 **똑** 떨어졌으니 이를 어쩌나. 배고픈 자식들 얼굴을 떠올리면 입맛도 **뚝**, 기운도 **뚝** 떨어진다. 모진 신세에 눈물이 **똑** 떨어지다 등에 업은 아이가 따라 울면 "**뚝** 그쳐라, 아가야! 이장댁에 쌀 얻으러 가자." 다시 똑소리 나는 어미로 돌아온다. **똑·뚝**은 눈물처럼 작은 물방울이 떨어지거나 계속되던 무언가 그칠 때 두루 쓰는 똑똑한 단어다.

텅은 '속이 비어서 아무것도 없는 모양'을 뜻하는데, 애초에는 있었거나 애초에도 없었을 때 다 쓰는 말이다. **텅**은 주로 '비다'라는 동사를 동반하며, 앞서 소개한 단어들에 비하면 '있던 때와 없는 때의 시차'가 긴 편이다.

"개나리 줄기는 속이 **텅** 비어 있어요."

"휴가철인데 이 호텔은 왜 **텅** 비었나요?"

"당신과 헤어진 순간, 가슴이 **텅** 비어 버렸죠."

텅은 길게 이어지는 여운과 달리 속이 비어 허허로운 말이다.

'없는 모양'을 뜻하는 의태어는 이외에도 수두룩하다. 살다 보면 있어야 할 무엇가가 없을 때도 많은데, 그럴 때 쓸 만한 말도 많다. **민둥민둥** 산에 나무가 없고, **맨숭맨숭** 털이 없고, **감감** 소식이 없고, **헤실헤실** 실속이 없고, 오래 끓인 매운탕은 **자작자작** 국물이 얼마 없다.

살아가는 데 필요한 기운, 곧 생기가 없어 무기력해지기도 하는데 생기 없는 사람은 눈빛이나 정신이 **멀뚱멀뚱** 멍청해지고, 생기 없는 식물은 **새득새득**, **소들소들** 시든다.

달랑은 외롭고 빼곡은 괴롭다

●

오직 하나밖에 없다는 온전하고 벅찬 존재감을 전복시키는 단어
가 있다. 흡사 오랜 예배당의 종소리처럼 성스러운 **달랑·덜렁**이다.
딸랑·떨렁은 외로움을 강조한다. 모두 가진 게 적거나 하나일 때
쓰는 표현인데 "먹을 게 **달랑** 이것뿐이야?"에 등장하는 '이것'이
소갈비일 리는 없다.

달랑·덜렁, 딸랑·떨렁의 대상은 수가 적을 뿐 아니라 앞선 예문에
서처럼 소박하다는 요건도 갖추어야 한다. "반찬이 **덜렁** 김치뿐이
야?" 검박한 밥상에 **덜렁**을 잘못 들이댔다가는 **달랑** 들려 대문 밖
으로 쫓겨날지도 모른다.

하나보다는 많지만 그리 많지 않은 양을 가리키는 말은 어딘지 헐
렁한 인상을 준다. 글자는 **띄엄띄엄** 쓰고, 가로수는 **띄엄띄엄** 심는
다. 손님은 **드문드문** 찾아들고, 볕은 **드문드문** 든다. 모두 시공간
에서 드문 모습을 형상화한 듯하다. 여기저기 성긴 **엉기성기**, 매우
드물고 성긴 **듬성듬성**도 그러하다.

양을 나타내는 의성의태어는 없거나 적음, 많거나 넘침을 표현하
는 경우가 많지만, 수량이 알맞은 상태를 이르는 말도 적지만 있
다. **고슬고슬**은 밥 따위가 알맞게 되었을 때, '여러모로 알맞은 모

양'이라는 **두루딱딱이**는 어디에나 두루 딱딱 맞아떨어지는 말이다. 그럼에도 널리 쓰이지 않는 건 만사 **두루딱딱이** 이루기 어려워서일까.

'적당'의 길은 어려워도 '범람'의 길은 쉬워서 '넘치는 말' 또한 넘친다. 그중 가장 많이 쓰는 말은 **가득·그득**이다. 수량이 어떤 범위나 한도에 꽉 찬 상태를 이르는 꽉 찬 말. '주전자 **그득** 찬 막걸리를 술잔 **가득** 부어 마셨다'라는 말을 듣노라면 **가득·그득**이 알맞거나 적당한 수준보다 많음을 감지한다.

'사랑으로 **가득** 찬 눈길, 분노로 **가득** 찬 마음' 등 감정이나 정서, 사람이나 물건 따위를 대상으로 할 때의 **가득·그득**도 분명 많거나 강하다는 인상을 준다.

속이 안 좋을 때는 흔히 '더부룩하다'고 하는데, 이 말은 풀이나 나무가 수북하고, 수염이나 머리털이 길고 촘촘하게 많아 어지러워 보일 때도 쓴다. 후자의 뜻과 이어지는 의성의태어, **더부룩더부룩·다부룩다부룩**은 수북하고 촘촘한 모양, 양이 많은 상태를 이른다. 여기서 '소복하다·수북하다'는 쌓거나 담은 물건이 많다는 뜻으로, **소복소복·수북수북**의 뜻도 같은 맥락이다.

담뿍·듬뿍 역시 가득하거나 소복한, 혹은 많거나 넉넉한 모양을 가리킨다. 이 말들은 사랑, 진심, 햇살 등 고귀한 대상과 어울리며, 무언가를 내어 주는 모습이 연상될 정도로 정감어리다.

담뿍·듬뿍에서 'ㅁ' 받침만큼 덜 주는 듯하지만 **다뿍·드뿍**도 비슷한 뜻이다. **담뿍·듬뿍**처럼 쓰곤 하는 **함빡·흠뻑**은 '분량이 차고도 남도록 넉넉하게'라는 뜻으로 부사이기는 하지만 의성의태어는 아니다.

많은 대상이 무엇인지에 따라 쓰는 말도 달라진다. 그 대상이 공통적으로 자그마하며 한곳에 붙었으면 **다닥다닥**, 그 대상이 매달리거나 늘어지면 **다래다래**, 많이 벌려지면 **올망졸망**이다.

때나 먼지가 아주 많으면 **덕지덕지**, 여기저기 무더기가 많으면 무더기무더기, 넘칠 만큼 물이 많으면 **흥덩흥덩**이다. 사람이 매우 수선스럽게 잇따라 들끓으면 **북적북적**, 사람이나 동물이 한꺼번에 움직이거나 한곳으로 몰려들면 **우르르**, 사람이나 동물이나 곤충이 한곳에 모여 움직이면 **바글바글·버글버글**, 더 빽빽하게 모여 움직이면 **오글오글·우글우글**, 그 상태에서 떠들기까지 하면 **와글와글**이다.

아무리 많이 모인 데도 어디나 틈은 있기 마련인데 **빼곡**은 듣는 순간 숨이 턱 막힌다. '빈틈없이 꽉 차' 있기에.

두산

마주 보는 두 산이 있었습니다. 높고 큰 산은 윗산, 낮고 작은 산은 아랫산이라 불렀습니다. 원래는 한 산이었는데, 땅이 크게 뒤집힌 후 한 부분이 **쑥** 꺼지고 큰 골이 생기면서 한 산은 두 산으로 나뉘었습니다. 그때 한 산에 모여 살던 동식물은 윗산으로 도망쳐 아랫산에는 아무것도 남지 않았습니다.

생명체가 사라진 아랫산에는 어떤 씨앗도 움트지 않았습니다. 나무와 풀이 없으니 새로운 동물도 모여들지 않았지요. 아랫산에 살다 윗산으로 도망쳐 온 이들은 **멀뚱멀뚱** 쳐다보기만 할 뿐, 아랫산을 도울 수 없었습니다.

봄이 왔습니다. 윗산은 만화방창한데 아랫산에 새로운 생명이 나타났다는 소식은 **감감** 멀어 보였습니다. 그러던 어느 날, 살랑한 봄바람 한 줄기가 민들레 홀씨를 아랫산으로 옮겨 놓았습니다.

씨앗은 힘겹게 움터 겨우 꽃을 피웠지만, 다시 씨앗을 맺지는 못했습니다. 꽃가루를 옮겨 줄 곤충이 한 마리도 없었으니까요. 결국 민들레는 꽃을 피운 채 **소들소들** 말라 갔습니다. 그 모습을 본 날다람쥐가 별 관심 없다는 듯 함부로 말했습니다.

"아랫산은 이제 아무것도 없는 **텅** 빈 산이 돼 버렸어. 하긴 **달랑** 민들레 홀씨 하나로 뭘 바꾸겠어?"

"하루아침에 모든 생명이 **홀랑** 다 사라졌으니 별 수 없잖아. 예전에는 참 **다보록다보록** 아름다운 산이었는데…. 윗산의 절반을 **뚝** 떼어 아랫산에 옮겨 놓고 싶구나."

날다람쥐와 달리 하늘다람쥐는 아름답던 아랫산을 떠올리며 안타까운 마음에 눈물을 **똑똑** 흘렸습니다.

윗산에는 모든 게 너무 많았습니다. 뭐 하나 모자라거나 **듬성듬성** 성긴 게 없었습니다. 산의 크기에 비해 나무도 풀도, 동물도 너무 많았습니다. 숲은 가지를 뻗을 수 없을 정도로 나무로 **빼곡**, 나무줄기마다 곤충이 **다닥다닥**, 공중에는 새가 **우글우글**, 땅 위에는 들짐승이 **바글바글** 정신이 없었습니다.

먹이 경쟁도 치열해 작은 먹거리 하나에도 다들 **우르르** 몰려다니는 통에 온 산에는 먼지구름이 **가득** 차오르곤 했습니다. 하룻밤에도 새 생명이 **팍팍** 늘어나 먹을거리는 **퍽퍽** 줄어들었습니다. 결국 **와글와글** 떠들며 큰 싸움이 벌어지기도 했고요. 가지 많은 윗산은 바람 잘 날 없었습니다.

먼지구름이 자욱하게 일어나더니 곧 큰바람이 불어닥쳤습니다. 윗산은 순식간에 회오리바람에 휩싸였습니다. 윗산의 모든 생명이 회오리바람에 갇혀 뱅뱅 돌았습니다. 회오리바람은 점점 아랫산 쪽으로 불어 갔습니다. 그렇게 몇 날 며칠이 흘렀습니다.

세차던 바람은 흔적도 없이 **훌라당** 사라졌고 세상은 그 어느 때보다 평온해졌습니다. 모두 긴 잠에서 깨어난 얼굴로 주변을 둘러보았습니다. 어느 사이 윗산과 아랫산은 회오리바람 안에서 온전히 하나가 되었습니다.

태극 무늬처럼 부족하거나 넘치던 모든 것이 **두루딱딱이** 적당해졌습니다. 비로소 한 산의 자연은 큰 원을 이루었습니다.

속도를 나타낼 때

움직임의
속도

부랴부랴
빨랑빨랑
빨빨
와다닥
화다닥
후다닥
후따

날짱날짱
느릿느릿 빌빌
느직느직 꼬물꼬물
는적는적
는지럭는지럭
더디더디 늘쩡늘쩡
미적미적 꾸무럭꾸무럭
사르르 스르르
살살 슬슬
시름시름

동그마니
멀거니
물끄러미
오도카니
오두마니
우두커니

덥석 번쩍
멈칫
문득 번뜩
언뜻 얼핏
파뜩 퍼뜩

움직임의
태도

가만히   천천히   날래게   갑자기

가만히 혹은 살며시

●

모든 생물은 움직인다. 사물도 생물의 힘으로 움직인다. 삼라만상이 각자의 빠르기로 움직인다. '움직이다'는 멈춘 자세나 자리의 변화를 뜻한다. 자세나 자리가 바뀌려면 움직여야 하고, 움직임은 반드시 빠르기, 곧 속도를 갖는다.

본디 움직임의 시초는 가만한 상태다. **우두커니**는 생물이 가만한 모습이다. 한 자리에 서거나 앉은 상태는 움직임의 준비 자세인데 그 앞에 '넋이 나간 듯이'가 덧붙으면 언제 움직일지 알 수 없다. 이때의 시선은 **물끄러미** 혹은 **멀거니**일 듯한데, 실제 **물끄러미**는 **우두커니** 한곳만 바라보고, **멀거니**는 **물끄러미** 바라본다.

우두커니와 비슷한 **오도카니**는 작은 사람이 **우두커니** 있는 모양이고, **오두마니**는 **오도카니**와 같은 뜻이다. **오두마니**와 뒤의 두 음절이 똑같아 뜻도 그러려니 했던 **동그마니**는 '외따로 오뚝한, 다소 외떨어진'이라는 뜻이다.

다음으로 **꼼짝달싹·옴짝달싹**은 아주 조금 움직이는 말로, 둔하고 느리게 움직이는 **꼼짝·꿈쩍**도 비슷한 뜻이다. 모두 '하다'보다 '못 하다', '않다' 등 부정의 서술어를 데리고 다니며 가만한 상태를 강조할 때 쓴다. **움찔움찔**부터 비로소 움직임이 시작된다. 이 말은

'놀라서 갑자기 움츠린다'는 널리 알려진 뜻 말고도 '굼뜨게 움직인다'는 뜻도 함께 가졌다.

느리게 움직이는 말은 꽤 많다. 가장 느린 말로는 **는지럭는지럭**이 있는데, 발음부터 아주 느릿느릿하다. **느직느직**은 아주 굼뜨고, **꾸물꾸물**은 굼뜬 데다 게으르기까지 하다. **미적미적**은 자꾸 꾸물대거나 망설이며 가슴에 '꾸물'을 품고 산다. **꾸물꾸물**을 늘린 듯한 **꾸무럭꾸무럭**은 매우 천천히 움직이고, **꼼지락꼼지락**은 천천하면서 좀스럽다.

느릿느릿은 말 그대로 매우 느리고, **빌빌**도 느리기 그지없다. **더디더디**는 몹시 느려 시간이 꽤 걸린다. 성질이나 됨됨이가 느리고 야무지지 못한 모습을 이르는 **늘쩡늘쩡·날짱날짱**은 대체로 느른하나 쉬엄쉬엄 움직이기도 하는데, 여유롭기보다는 **는적는적**처럼 축축 늘어진다.

시름시름 하면 앓는 모습부터 떠오르지만 앓는 사람의 움직임처럼 매우 조용히 움직이거나 변하는 모양도 이른다. **곰실곰실**은 작은 벌레가 굼뜨게 움직이는 말이고, **앙금쌀쌀**은 그 벌레가 굼뜨게 기어가다가 차차 빠르게 기는 말이다. 꼭 '엉금엉금 기어가다가 쌩쌩 빠르게 기어가는' 모습을 보고는 얼렁뚱땅 만든 말 같다.

느린 말이라고 모두 게으르고 굼뜨지는 않다. 남모르게 살그머니 움직이는 **살살**, 남모르게 슬그머니 움직이는 **슬슬**은 똑같이 느려도 앞선 말들에 비해 신중한 인상을 준다. **사르르·스르르**도 미끄러지듯 살며시 움직인다. 마치 입안에서 사라지는 솜사탕처럼, 돌담을 타고 넘는 봄바람처럼.

갑자기 혹은 재빨리

●

멈춰 있거나 느린 상태에서 '갑자기' 빨라지는 말도 있다. 어떤 생각은 **문득·번뜩, 파뜩·퍼뜩, 더럭** 갑자기 떠오르거나 **언뜻·얼핏** 문득 떠오르기도 한다. 그럼 눕거나 앉아 있다가도 **발딱·벌떡** 갑자기 일어난다. **덥석**은 왈칵 달려들어 냉큼 물거나 움켜잡는 모양으로, 안거나 받고 물거나 잡는 여러 상황에 두루 쓴다. 매우 빨리 없어지거나 끝나는 **번쩍**은 번개처럼 날래다. 그러나 이 말 앞에서는 다 멈춘다. **멈칫!**

갑자기 빨라지는 말 말고, 지속적으로 빠르게 움직이는 말은 발음도 거침없다. **날름·널름·늘름**은 혀, 손, 불길 등이 빠르게 나왔다 들어가거나, 무언가 날쌔게 받을 때도 쓴다. 이중에서도 **날름**은 날쌔게 움직이는 모양을 이는 여러 상황에서 애용된다.

홀딱·홀떡은 빠르게 뒤집거나 뒤집히는 모양, 음식을 날쌔게 먹는 모양이다. 개울을 **홀떡** 건너뛰고, 냉수를 **홀딱** 삼킨다. 빠르게 잠깐 보이면 **희끗**이며, **희끗**을 강조한 **희끗희끗**은 더불어 군데군데 흰 모양이라는 뜻도 가졌다.

부모가 어린 아이의 두 다리를 쭉쭉 잡아당기며 하는 말, **우쭉우쭉**은 정말 키나 몸이 빠르게 크거나 자라는 모양이다. 부모의 바람

대로 잘 자란 아이는 작고 둥근 공을 **돌돌**, 크고 둥근 공을 **둘둘** 빠르게 굴릴 테다. 그 공을 따르는 아이는 바람을 일으키며 빠르게 **씽씽·쌩쌩** 달리고, 행여 다칠까 부모도 아이를 따라 빠르게 **쉭쉭** 달린다. 모기도 제 먹이 따라 빠르게 **앵앵** 날아가고.

기분이나 느낌이 깨끗하고 개운할 때 쓰는 **산뜻·선뜻**은 빠르고 시원스러운 동작을 이르기도 한다. 다리를 높이 들었다 크게 떼어 놓거나 어떤 시기가 갑자기 다가왔음을 뜻하는 **성큼**은 망설임 없이 매우 시원하고 빠르다. **산뜻·선뜻**, **성큼**은 맥이 통하는 여러 뜻을 가져 갖가지 상황에 어울리는 알찬 말이다.

가볍고 재빠른 **빨랑빨랑**, 바쁘게 여기저기 돌아다니는 **빨빨**, 매우 날쌘 **후딱**, 매우 급하게 서두르는 **부랴부랴**, 빠르게 뛰거나 움직이는 **와다닥**은 속도와 내실이 과연 비례할까 의구심이 든다.

와닥닥은 와다닥의 뜻 외에 일을 서둘러 해치울 때도 쓰는데, **화다닥·화닥닥·후다닥·후닥닥**도 그런 관계다. 모두 갑자기 뛰거나 움직일 때 두루 쓴다.

뭐든 **후딱** 해치우고 **부랴부랴** 서두르기보다 **후다닥** 흘러가는 시간속에 때로 **우두커니** 앉아 마음의 소리를 **물끄러미** 바라봄이 어떨는지.

우두커니

느린 형과 빠른 동생이 살았습니다. 형제는 '적당하고 알맞은 속도로 살라'는 엄마의 유언을 잊은 듯이 지냈습니다.

형은 뭐든 느렸지요. **느릿느릿** 잠이 들고, **꾸우럭꾸우럭** 밥을 먹고, **더디더디** 말했어요. **늘쩡늘쩡** 걷는 통에 아무런 소리가 나지 않았습니다. 늦게 잠이 들고 오래 밥을 먹습니다. 너무 느리게 걸어 누구도 형과 함께 걸을 수 없었고, 인기척을 내지 않는 통에 그가 나타나면 다들 **움찔움찔** 놀라곤 했습니다.

동생은 뭐든 빨랐습니다. **빨랑빨랑** 잠이 들고, **후딱** 밥을 먹고, **후다닥** 말했지요. **빨빨** 걷는 통에 동생이 지나갈 때면 **씽** 소리가 났습니다. 너무 빨리 잠이 들어 별을 본 적이 없고, 뭐든 빨리 먹어 툭하면 체하고, 하도 빨리 말해 아무도 그의 말을 알아들을 수 없었지요.

한번은 축제 행렬에 끼어 **더디더디** 걷던 형이 **더럭** 멈추어 **우두커니** 서는 바람에 형의 뒤를 따르던 이백서른네 명이 그 자리에 멈춰 서야 했습니다.

동생은 **번뜩** 좋은 생각이 나면 **발딱** 일어나 **와다닥** 뛰어나갔습니다. 파란 불이 켜지기도 전에 **후닥닥** 횡단보도를 지나는 동생 때문에 마을 사거리에서는 추돌 사고가 일어나곤 했습니다.

어느 날 형제는 같은 꿈을 꾸었습니다. 저 멀리 엄마가 보였죠. 엄마는 인자한 얼굴로 형제를 향해 두 팔을 벌렸습니다. 형은 꿈에서도 기어가는 게 빠르다 싶을 만큼 애벌레처럼 **곰실곰실** 아무 소리도 없이 느리게 **빌빌** 걸어갔습니다. 동생은 꿈에서도 빨랐습니다. **쌩** 달려가 엄마 품에 **폭** 안겼습니다. 오랜만에 느끼는 엄마의 체취에 형제는 행복했습니다.

얼마 지나지 않아 동생은 엄마 품에서 **발딱** 일어나려 했습니다. 그러자 엄마는 동생을 있는 힘껏 꽉 붙들었습니다. 두 팔에 꼭 힘을 주어 두 형제를 **옴짝달싹** 못하게 했지요. 엄마는 두 팔을 점점 더 세게 모아서는 형제를 딱 붙여 버렸습니다. 곧 둘은 누가 누군지 알아볼 수 없는 하나가 되었지요.

엄마는 한 몸이 된 형제를 품에서 떼어 내 그 자리에 **동그마니** 내려놓고 돌아섰습니다. 아스라이 사라지던 엄마가 **문득** 뒤를 돌아보며 말했습니다.

"우두와 커니야. 너희 곁에 있는 사람들과 같이 자고 같이 먹고 같이 말하고 같이 걸으렴. 그러지 않으면 언젠가 너희만 **우두커니** 남을지도 몰라."

다음날 아침, 형은 느리게, 동생은 빠르게 깨어나지 않고 둘 다 적당한 속도로 자리에서 일어났습니다.

모양을 나타낼 때

모양의 정도

	긴	둥근	넓은	굽은	살찐
매우	높지거니 높직높직 소소리 오똑 되똑 우뚝우뚝	동글동글 둥글둥글 땡글땡글	널찍널찍 넓적넓적	꼬깃꼬깃 오글오글	뒤룩뒤룩 피둥피둥
보통	봉곳 봉긋 비쭉 삐쭉 뽀족 쭈뼛	당글당글 망울망울 방울방울 송알송알	납죽납죽 넓죽넓죽	곱슬곱슬 굽이굽이 꼬불꼬불 쪼글쪼글	토실토실 포동포동
조금	갸름갸름 기름기름 길쭉길쭉	볼록	납작납작	구붓구붓 꼬부랑꼬부랑 꼬불탕꼬불탕 꾸부정꾸부정 배배	오동통 통통 퉁퉁

모양의 종류

만물에는 만상이 깃든다

●

같은 나무라 해도 소나무와 벚나무의 특징이 다르고, 같은 새도 뱁새와 황새의 빛깔이 다르다. 한 나무의 꽃, 한 빗속의 빗방울도 저마다 다른 모양이다. 큰가 하면 작고, 긴가 하면 구부러지고, 둥근가 하면 네모나다. 그리하여 형상은 **갈래갈래** 무한히 나뉜다.

말 나온 김에 **갈래갈래**부터 따져 보자. 갈래는 '하나에서 둘 이상으로 갈라져 나간 낱낱의 부분이나 계통'이라는 명사로 뜻풀이가 더 어렵다. 쉽게 말해 머리카락을 한 갈래 또는 양 갈래로 묶는데, 그때의 갈래가 이때의 갈래다.

유사한 뜻의 가닥은 부분이나 계통이 아니라 '줄'에 해당한다는 점에서 다르다. 머리카락은 줄이나 가닥으로 센다. 가닥에 비하면 갈래가 훨씬 크다. 갈래를 이루는 낱낱의 줄이 '가닥'이며, 이 가닥이 어지럽게 흔들리면 **나달나달·너덜너덜**, 가닥이 모인 갈래가 갈라지면 **갈래갈래**다.

가닥은 길거나 짧다. '길다'는 건 물체의 양 끝이 멀다는 뜻이다. 길면 **기름기름·길쭉길쭉**, 긴 데다 가늘면 **갸름갸름**이다. 하나가 유독 길면 **비죽·삐죽**, 삐죽한 끝이 날카롭기까지 하면 **뾰족**이다. 끝이 가늘어지면서 삐죽하게 솟으면 **쭈뼛!** 생물이 놀랐을 때 털을 세우는 모습이다. **비쭉** 솟은 새 연필에게 기죽지 말라며 몽땅연필을 **뾰족**하게 깎다가 손가락 벤 아이는 순간 머리털이 **쭈뼛** 선다.

길기는 긴데 아래에서 위까지의 길이가 길면 '높다'가 된다. 꽤 높으면 **높직높직·높지거니**, 두드러지게 높으면 **우뚝우뚝**이다. 전자는 길이감이 강하고, 후자에는 부피감이 보태진다. **소소리**도 높이 우뚝 솟은 모양으로, 연이은 시옷이 이어진 산세를 닮았다.

작은 물체가 우뚝하면 **오뚝**인데, 그중에서도 특히 코 따위가 오뚝하면 **되뚝**이다. **되뚝**처럼 흔히 신체 부위의 높은 모양을 이를 때 널리 쓰는 말은 하나같이 어감이 보드랍다. 약간 높직한 **봉곳**, 소복하게 솟은 **봉긋**, 조금 도드라진 **볼록·불룩**이 그러하다.

긴 말이 있으면 짧은 말도 있다. 몸통은 굵으나 끝이 짧고 무딘 모양은 **뭉뚝·뭉툭**이라 한다. 비슷한 형태의 **뭉떵·뭉텅**은 대번에 제법 크게 잘리거나 끊어지는 모양으로 **뭉떵** 자르면 **뭉뚝** 짧아진다. 잘게 잘리거나 끊어지는 말은 **몽땅**이다. '있는 대로 죄다'의 **몽땅**과 다른 **몽땅**이다. 심술 난 아이는 괜히 몽당연필을 **몽땅·뭉떵** 잘라 **뭉툭** 짧게 만들어 버리기도 한다.

길면 구부러지기도 한다. 할머니 집 가는 길은 **꼬불탕꼬불탕·꾸불텅꾸불텅**, 할머니 집 뒷산은 **굽이굽이**, 할머니 머리카락 모양은 **꼬불꼬불**, 할머니 이마의 주름살은 **꾸불꾸불**, 할머니 허리는 **꼬부랑꼬부랑·꾸부정꾸부정**, 할머니 쌈짓돈은 **꼬깃꼬깃**, 할머니 집 강아지 털은 **곱슬곱슬**! 온통 다 굽어 **구붓구붓** 파도가 친다.

배배는 꾸불꾸불이 지나쳐 꼬인 모양이다. 특히 마음 꼴이 그러할 때 맞춤한 표현이다. 주름이 많이 잡힌 모양은 **쪼글쪼글·쭈글쭈글**이라고도 한다. 여러 군데가 안쪽으로 오목하게 들어간 **오그랑오그랑**은 줄여서 **오글오글**이라고도 하는데, 옷감이나 꽃잎같이 얇은 대상에 잘 어울린다. 요즘 닭살이 돋을 만큼 쑥스럽거나 부끄러울 때 많이 쓰는 '손발이 **오글오글**'이라는 표현은 온몸이 떨려 손발마저 구불거린다는 건지, **오글오글** 모인 벌레가 손발을 간지럽힌다는 건지 도통 모르겠다.

둥글래! 넓을래! 제멋대롤래!

●

일정한 점에서 같은 거리에 있는 점의 집합! 이 '매뜨매틱(Mathematic)' 한 문장은 단 한 글자로 줄일 수 있다. 바로 '원'이다. 세 개의 모 (퉁이)를 가진 세모, 네 개의 모(퉁이)를 가진 네모와 달리 원에는 모퉁이가 없다. 모나지 않은 원은 반지름이 일정하지 않아도 대충 다 원으로 받아들인다.

둥글하면 **둥글둥글**, 동글하면 **동글동글**! 둥글면서 작고 단단하고 탄력까지 갖추면 **당글당글**, 둥글면서 땡땡하면 **땡글땡글**! 망울이 엉기면 **망울망울**, 멍울이 엉기면 **멍울멍울**, 둥글게 맺히거나 떨어 지면 **방울방울**, 땀방울이나 물방울, 열매가 잘게 많이 맺히면 **송알 송알**!

둥근 모양 중에서 다소 특이한 모양으로는 **오목**과 **옴팍**이 있다. 오목 렌즈의 오목은 '가운데가 둥그스름하게 폭 패거나 들어가 있 는 모양'이며, '물체의 거죽이 조금 도드라지거나 쏙 내밀린 모양' 이라는 **볼록**의 반댓말이다. **옴팍**은 '가운데가 오목하게 **쏙** 들어간 모양'이다.

세 단어 모두 뜻풀이에 안팎으로 깊이 들어가거나 내밀었을 때 쓰 는 **쏙**이 들었으니 **오목**보다 들어간 정도가 더 깊을 듯하다. **쏙**과

같은 뜻을 가진 말로는 **쑥**이 있다. **쏙·쑥** 들어갔다가 **쏙·쑥** 빠져
나오기도 한다.

여러 모양 중에서 넓으면서 판판하고 얇으면 **납작납작·넓적넓적**,
길쭉하고 넓으면 **납죽납죽·넓죽넓죽**, 그냥 매우 너르면 **널찍널찍**
이라 한다. 서로 넓으면 부딪히기 십상이라 그런지 넓은 말은 그닥
많지 않다.

살찌겠다는 사람보다 살 빼겠다는 사람이 많듯 마른 정도를 이르
는 말의 가짓수는 별 없는데 살찐 정도를 이르는 말은 무수하다.
마른 말은 **홀쭉홀쭉, 날씬날씬, 배리배리·비리비리, 비쩍** 정도인
데, 살찐 말은 보다 풍성하다.

'너구리' 하면 떠오르는 **오동통**은 몸집이 작고 통통할 때 쓴다. **뚱**
뚱·퉁퉁은 살이 쪄 몸이 옆으로 퍼진 모습으로, 키가 작을 때는 **똥**
똥·통통이라 한다. 보기 좋게 통통한 **토실토실**, 보기 좋게 퉁퉁한
투실투실도 신장만큼의 차이가 있다.

통통하게 살찌고 보드라운 **포동포동**은 동물에만 쓰는 말인 줄 알
았는데 '**포동포동** 살찐 포도송이처럼'으로 시작하는 '포도알 동무'
라는 동요를 떠올리면 이 단어는 식물에도 꽤 잘 어울리는 듯하
다. 딱히 살이 쪘다는 뜻은 없지만 몸집이 크고 얼굴이 험상궂다
는 **우락부락**은 살집이 제법 있을 것만 같다. 볼썽사납게 살찌면 **피**
둥피둥이라 하는데, 이 말은 남의 말을 안 듣고 엇나갈 때도 쓴다.

피둥피둥과 비슷한 의미로 많이 쓰는 **뒤룩뒤룩**은 눈알을 힘 있게 움직이는 모습으로, 살과는 무관하다. '뒤가 불룩, 뒤가 불룩' 같기만 한데.

가지런하지 않고 제멋대로 생긴 말도 있다. 글씨, 걸음걸이 등에 종종 쓰는 **삐뚤빼뚤·삐뚤빼뚤·삐뚤삐뚤**은 곧지 않고 구부러지는 모습이다. **높으락낮으락**은 가지런한 높낮이를 뒤흔들고 **들쑥날쑥·들쭉날쭉**은 가지런한 모든 모양을 흩뜨린다. 하나같이 제멋대로라 자유롭다.

서산과
동해

바다는 산이 어떻게 생겼는지 궁금했습니다. 바다에서 뜨고 산 너머로 지는 **둥글둥글** 해는 아침마다 바다에게 산의 이야기를 들려주었습니다.

"바다야, 산은 너와 달라. **우뚝우뚝** 솟아 있지. 너에게 없는 길도 있단다. 어떤 길은 **길쭉길쭉**, 어떤 길은 **꾸불꾸불** 저마다 모양도 다르지."

해의 이야기에 바다는 산을 마음껏 상상했습니다.

널찍널찍 너른 바다는 **높직높직** 높은 산이 잘 그려지지 않았습니다. 높다는 건 어떤 걸까, 바다는 궁금했습니다. 하지만 산은 바다에서 너무 멀리 떨어져 있었습니다. 산이 보고 싶었던 바다는 결심했습니다.

"내가 너에게 갈게."

바다의 우렁찬 목소리가 산마루에 메아리쳤지만, 산은 누가 한 말인지 알아듣지 못했습니다. 바다는 조금씩 조금씩 산을 향해 밀려갔습니다.

굽이굽이 파도를 산 쪽으로 실어 보냈습니다.

며칠 후 해변이 사라졌습니다. 해변에 **삐뚤삐뚤** 쓰인 '수정아 사랑해'

라는 글자도 사라졌습니다. 바다는 더 힘을 냈습니다. 며칠 후 바다는 마을을 삼켰습니다. 해변과 마을이 있던 자리는 감쪽같이 사라졌습니다.

바다는 힘에 부쳤습니다. 땀이 **송알송알** 맺혔습니다. 신은 아직도 멀리만 있는데 더 짜낼 힘이 없었습니다. 그래도 바다는 산이 보고 싶어 다시 있는 힘껏 파도를 밀어냈습니다. 어느 순간 바다는 저 먼 산에 가닿았습니다.

바다 위에는 해변에서부터 밀려온 온갖 생명이 둥둥 떠다녔습니다. **땡글땡글** 수박은 속이 썩고, 투실투실 살찐 돼지는 **비리비리** 끓었습니다. **납작납작** 얇은 나무판에 몸을 실은 가족은 위태롭게 떠다녔습니다. 아무것도 모르는 갓난아기는 그 와중에도 엄마 젖을 물었습니다. **쭈뼛** 놀란 산은 너무 놀라 한 걸음 물러났습니다.

"어찌하여 이토록 많은 생명을 죽였는가!"

바다는 산을 만나고 싶어 그리했다고 말했습니다. 그러자 산은 큰 소리로 꾸짖었습니다. 바다는 화가 났습니다. 기껏 애쓴 일이 죄가 되다니, 냉정한 산이 원망스러웠습니다.

"산은 저만 잘나서 높이 솟은 거군, 쳇!"

바다는 **배배** 속이 뒤틀려 **높지거니** 솟구쳐 올랐습니다. 어찌나 높은지 산보다도 훨씬 높았습니다. 성난 바다에 수많은 생명이 **몽땅** 목숨을 잃었습니다. 산은 자기 품 안의 생명을 함부로 해치는 바다를 용서할 수 없었습니다.

산은 원래 자신과 바다 사이에 있던 땅을 힘껏 들어 올렸습니다. **소소리** 솟구친 대지는 **기름기름** 길어졌습니다. 산마루에 걸린 구름이 산 중턱에 이를 때까지 **우뚝** 솟아오른 대지는 기나긴 산맥을 이루었습니다.

산맥이 높아질수록 바다는 점점 멀리 밀려갔습니다. 스스로 밀려올 때는 한 번에 왔지만 산에서 밀려날 때는 **꾸불꾸불** 골짜기를 따라 서서히 물러났습니다. 어느 순간 바다는 산이 보이지 않을 만큼 멀찍이 떨어졌습니다. 그날 이후, 동해(東海)는 태백산맥 너머의 서산(西山)을 다시는 만날 수 없었습니다.

질감을 나타낼 때

질감의 정도

	거친	부드러운	미끄러운
매우	까끌까끌 꺼끌꺼끌	보들보들 부들부들 야드르르 야들야들 아드르르	미끄덩미끄덩 매끈매끈 미끈미끈 미끌미끌 빤질빤질 뻔질뻔질
보통	까슬까슬	고분고분 나긋나긋 하늘하늘 하르르 흐르르	반드르르
조금	까스스 새들새들 소득소득 푸석푸석	보송보송 뽀송뽀송	번지레 뻔지레

질감의 종류

거칠다고 겁내지 마

•

질감이란 재질에 따른 느낌이다. 거칠거나 건조한 정도로도 질감은 달라진다. 거친 정도로 치면 **까끌까끌·꺼끌꺼끌**이 앞선다. 까끌한 표면을 매끄럽게 만드는 사포처럼 매우 거칠고 깔끄러운 상태니 말이다.

그보다 덜 거칠지만 윤기가 없고 야위어 메마른 살갗이나 털, 이를테면 막 자란 수염, 매우 짧은 머리털에 어울리는 표현은 **까칠까칠**이다. **까슬까슬**은 까칠까칠과 유사하나 빳빳함이 더해져 풀 먹인 모시에 딱 어울린다. 낙엽 같이 마른 물체가 바스라지는 소리이기도 한 **푸석푸석**은 거칠면서 핏기가 없어 피로한 사람의 피부 상태를 표현할 때 자주 쓴다.

이상의 의태어를 주로 동물에 쓴다면 식물에 쓰는 의태어도 따로 있다. **소득소득·수득수득**, **시드럭부드럭·시드럭시드럭**은 풀이나 뿌리, 열매 따위가 시들고 말라서 조금 거친 모양으로 '마르다'라는 동사를 데리고 다닐 때가 많다. 마른 식물을 표현할 때 자주 쓰는 **새들새들·시들시들**은 말 그대로 죄 시들어 영 힘이 없다.

표면에 무언가 일어난 상태를 표현한 말 중에 사람이나 짐승의 짧은 털이 그러하면 **까스스**라고 한다. '종이나 헝겊 따위의 거죽에 부풀어 일어나는 몹시 가는 털'을 뜻하는 보풀을 반복해도 의태어가 된다. **보풀보풀**은 보푸라기가 잘게 일어난 모양으로, 여기서 보푸라기는 낱개의 보풀을 이른다.

거칠지는 않지만 매끄럽지도 않은 상태, 표면이 고르지 않을 때는 **도돌도돌, 오톨도톨·우둘투둘**이라 한다. **도돌도돌**은 볼록하고 작은 무언가가 솟거나 붙어서 고르지 못하며, **우둘투둘·오톨도톨**은 군데군데 두드러지거나 잘게 부푼 상태다. 하니 한기를 느끼거나 소름이 끼칠 때 돋는 닭살에는 **도돌도돌**이, 멍게 껍질을 닮은 좁쌀 여드름에는 **우둘투둘·오톨도톨**이 적당하다.

매끈하니까 매달리지 마

•

부드러운 질감을 표현하는 중에서는 **보송보송·뽀송뽀송**이 그 정도가 가장 덜한 말이다. 살결이나 얼굴이 곱고 보드라울 때도 쓰지만 잘 말라 물기가 없고 보드랍다는 뜻도 가졌기 때문이다. 윤기가 없어 약간은 건조한 느낌의 말이다.

고분고분은 사물뿐 아니라 사람의 성질 또는 태도가 부드러울 때도 쓴다. 주로 상대의 말을 잘 따를 때 자주 하는 말이다. 혹 수긍의 의미로 허리를 굽힌다는 뜻에서 '굽은굽은'이라고 하다가 발음하기 편하게 변했나. 늘 그 어원이 궁금했는데 경주에서 답을 찾았다. 순한 고분(古墳)이 연이은 모습은 참으로 부드러워 보였다. 의성의태어의 유래는 명확하지 않으니 이처럼 뜻과 어감에 따라 재량껏 유추하는 일도 또 하나의 재미다.

나긋나긋은 또 어디서 온 말일까. 매우 보드랍고 연한 모양, 사람을 대하는 태도가 부드럽고 상냥한 모양을 동시에 이르는 이 단어에는 선뜻 떠오르는 가설이 없다. 다만 그 뜻에는 **나긋나긋**이 딱이다.

이번에는 꽤 부드러운 모양을 담은 말이다. 게울 듯이 속이 울렁대는 '니글니글'을 연상시키는 **누글누글**과 **눅신눅신**은 모두 꽤 무르고 부드러운 모양을 이르는데, 이 중 **누글누글**은 성질이나 태도가 그러할 때도 쓴다. **보들보들·부들부들**은 살갗에 닿는 느낌이 매우 보드랍고, **하르르·흐르르**는 종이나 천 따위가 매우 보드라운 상태다. 천이 휘늘어질 정도로 연하고 보드라울 땐 **하들하들**이라 한다. **야들야들·야드르르·이드르르**도 윤기가 돌면서 부드러운 모양을 뜻한다.

거죽이 부드러울 때 쓰는 말은 따로 있다. 거죽에 윤이 나며 미끄러우면 **번지레·뻔지레**, 이보다 더 윤이 나고 매끄러우면 **반들반들·번들번들**, **반드르르·번드르르·뻔드르르**, 거죽에 윤기가 흐르면서 미끄러우면 **번질번질·뻔질뻔질·번질번질·뻔질뻔질**이다. 발음이 엇비슷한 '뺀질뺀질'은 요령을 피우며 열심히 일하지 않는 모습으로, 보다 확장된 듯한 뜻을 가졌다. **번들번들·반들반들**은 아주 매끄럽고 윤이 나는 상태로 기름기가 도는 얼굴에 자주 갖다 쓴다.

이번에는 부드러움에 미끄러움을 더한 말이다. 몹시 미끄러우면 **미끌미끌**, 미끄러워서 밀리면 **미끈둥미끈둥**, 몹시 미끄러워 넘어질 듯 밀리면 **미끄덩미끄덩**, 흠이나 거친 데 없이 몹시 반들하면 **매끈매끈·미끈미끈**이라 한다.

요컨대 **보송보송**에 윤기를 더하면 **보들보들**, 거기에 기름기를 보태면 **반들반들**, 그 상태에 다시 물기를 보태면 **미끈미끈**이다. 다시 **미끈미끈**에 물기를 더하면 **물렁물렁**이다. 물기가 있고 녹녹하며 끈끈할 땐 **녹진녹진·녹진녹진**, 여기에 찰기를 더한 듯 질기고 끈끈하면 **끈적끈적**이다. 녹진하고 차지며 어딘가 달라붙을 정도로 끈적끈적하면 **짠득짠득·찐득찐득, 치덕치덕**이다.

문득 여름날 더운 날씨에 땀난 몸과 차진 부추전 반죽이 잇따라 떠오른다. 둘 다 참 끈끈하다.

고슴도치의
털

이 땅에 처음 나타났을 때 고슴도치는 지금의 모습과 달랐습니다. 그때는 털이 별로 없어 분 바른 아기 궁둥짝처럼 피부가 **보송보송** 아주 곱고 보드라웠습니다. 세울 털도 없지만 보드라운 외양처럼 성격도 **고분고분** 누구의 말이든 잘 따랐지요.

어느 날, 구렁이 한 마리가 고슴도치에게 다가갔습니다. 고슴도치는 동그란 자신의 모양과 달리 길쭉한 구렁이가 신기했지요. 구렁이가 눈웃음을 치며 고슴도치에게 **나긋나긋** 말을 걸었습니다.

"너 참 **부들부들** 보드랍게 생겼구나!"

"너도 **이끈이끈** 멋져 보이는 걸!"

"난 만지면 **눅신눅신** 너무 물러서 너처럼 부드러운 애들이 부러워. 그래서 말인데 너 한 번만 만져 봐도 돼?"

"날? 어떻게? 넌 손도 발도 없잖아!"

순간, 매섭게 치켜 올라간 구렁이의 눈매를 고슴도치는 미처 보지 못했습니다. 구렁이는 이내 **누글누글** 말했습니다.

"대신 나에게는 **야드르르** 윤기 나는 혀가 있지. 이 혀로 냄새도 맡고 온도도 느껴. 네가 얼마나 부드러운지 촉감도 느낄 수 있지."

"와, 너 정말 대단한 혀를 가졌구나."

"이 혀로 너를 한 번만 만져 봐도 돼?."

"ㄱㄱㄱㄱㄱ그래."

구렁이는 슬금슬금 고슴도치에게로 다가갔습니다. 구렁이는 **반드르르** 윤기 나는 혀를 날름거리며 고슴도치의 크기를 가늠했지요. 고슴도치는 뭔가 선뜩했지만, 별일이야 있겠냐 싶었습니다. 그러나 다음 순간, 구렁이는 아가리를 있는 대로 벌리고 고슴도치를 한 입에 삼켜 버렸습니다.

이후로도 비슷한 일이 반복되었습니다. 부드러운 고슴도치의 피부가 문제였습니다. 게다가 고슴도치는 누구도 의심하지 않으니 화를 당하는 일이 많았습니다. 연이은 사고 소식에 고슴도치 종족은 비상 대책 회의를 열었습니다.

"우리가 너무 부드러운 탓이에요."

"그렇다고 타고난 모습을 바꿀 수도 없지 않습니까?"

"몸에 기름을 바르면 어떨까요? **번들번들** 기름을 바르면 **미끄덩이끄**

덩 미끄러워서 아무도 우리를 잡을 수 없을 거예요."

이후 몇 세대에 걸친 각고의 노력 끝에 고슴도치의 몸에는 **끈적끈적** 기름이 솟아나는 기름샘이 생겼습니다. 한눈에도 **이끌이끌** 미끄러질 듯한 데다 기름에서 독특한 냄새까지 나 누구도 쉽사리 고슴도치를 잡아먹을 수 없었습니다.

아무리 힘센 육식 동물도 고슴도치를 건드렸다가는 발바닥에 **치덕치덕** 달라붙는 기름에 화들짝 놀라 달아나곤 했습니다. 고슴도치 기름 냄새는 며칠이 지나도 쉬이 사라지지 않을 만큼 지독했습니다. 후각이 예민한 구렁이는 이제 고슴도치 근처에는 얼씬도 하지 않았습니다. 스컹크도 코를 절레절레 흔들 정도였다니까요.

그런데 이번에는 **보송보송** 부드러울 때는 쳐다보지도 않던 부엉이와 올빼미 같은 맹금류가 고슴도치를 공격했습니다. 달빛을 받은 고슴도치의 피부는 **반질반질** 윤기가 흘러 새의 눈에 잘 띄었거든요.

마침 맹금류는 구렁이에 비하면 후각이 발달하지 않아 냄새도 크게 문제가 되지 않았습니다. 또 고슴도치의 **진득진득** 찰진 피부는 맹금류가 발톱으로 낚아챌 때의 수고를 덜어 주기까지 했습니다. 그렇게 밤마다 수많은 고슴도치가 하늘로 들려 올라갔습니다. 곧 멸족하고 말 듯 고슴도치 개체 수는 팍팍 줄어들었습니다.

고슴도치 종족은 수백 년만에 다시 비상 대책 회의를 소집했습니다. 이번에는 그야말로 환골탈태를 해야 한다는 데 뜻을 같이했습니다. 한 고슴도치가 외쳤습니다.

"우리 같이 작은 동물은 전사의 자세로 살아야 합니다. 늘 창을 들어야 하니 아예 몸을 창으로 만듭시다."

"그게 가능합니까? **부들부들** 부드러운 피부를 **눅진눅진** 진득하게 만드는 일도 힘들었는데, 어떻게 창 같은 털을 만든다는 거지요?"

전사가 되자고 외친 고슴도치는 있는 힘껏 잔털을 세웠습니다. 땀구멍이 **도돌도돌** 돋는가 싶더니 이내 **보풀보풀** 원가가 일어났습니다. 마침내 잔털이 **까스스** 돋아났습니다.

"기름샘을 막고 털 하나하나에 신경을 곤두세워 보세요. 죽고 사는 문제가 달렸으니 죽을힘을 다해 보세요."

최선을 다해 털을 세웠지만 **까끌까끌** 잔털만 일어난 고슴도치가 태반이었습니다. 그날 이후, 수백 년을 애쓴 끝에 결국 고슴도치의 털은 창처럼 길고 뾰족해졌습니다. 온몸의 털이 **까칠까칠** 곤두서니 누구도 함부로 다가오지 않았습니다. 고슴도치 개체 수는 서서히 늘어나기 시작했고, 무사히 종족을 보존하였습니다.

이처럼 뼈를 깎는 노력 끝에 까칠해진 고슴도치는 일생에 딱 한 번, 털을 부드럽게 누입니다. 바로 사랑에 빠졌을 때죠. 이때의 고슴도치는 온몸의 근육을 잠재워 그 피부가 비단인 양 **하르르** 부드러워진답니다. 태초의 모습처럼 말이에요.

색감을 나타낼 때

색의 정도 (세로축) / **색의 종류** (가로축)

색의 정도 \ 색의 종류	푸른 青東	흰 白西	붉은 紅南	검은 黑北	노란 黃中
짙은	파릇파릇 푸릇푸릇		불긋불긋	깜깜 어둑어둑 컴컴	노릇노릇 누름누름 누릇누릇
조금 짙은			발그레 빨그레 볼그스레 불그스레	까막까막	
옅은			해끄무레 해뜩발긋 희끄무레	어슬어슬	
군데군데	파릇파릇 파릿파릿 푸름푸름 푸릇푸릇	해끔해끔 해끗해끗 희끔희끔 희끗희끗	불긋불긋	까뭇까뭇 꺼뭇꺼뭇	노릇노릇 누름누름 누릇누릇

오방색이 어우러져 아로록다로록

•

음양오행설에서 오행을 뜻하는 오방(五方)은 동서남북, 그리고 중
앙을 말하며, 방위마다 색이 정해져 있다. 동쪽은 청(靑 푸른색), 서
쪽는 백(白 흰색), 남쪽은 홍(紅 붉은색), 북쪽은 흑(黑 검은색),
중앙은 황(黃 노란색)이다.

색에 관한 의태어는 그리 많지 않은 대신 색을 나타내는 형용사는
다종다양하다. 푸른색만 해도 '푸르다, 푸르르다, 푸릇하다, 파릇
하다, 파르랗다, 파르스레하다, 파르스름하다, 푸르스름하다, 푸
르레하다, 푸르뎅뎅하다, 푸르데데하다, 푸르죽죽하다, 시푸르죽
죽하다, 시푸르뎅뎅하다' 등등 매우 다채롭다. '나는 왜 빼먹었냐'
며 눈 시퍼렇게 뜬 형용사가 없는지 걱정이 될 정도다. 그에 비해
의태어는 부실하다.

파르스름한 모양을 나타내는 **푸름푸름, 파릿파릿, 파릇파릇·푸
릇푸릇**은 모두 군데군데 푸른 모양이라는 뜻이다. **푸름푸름**은 보
일 듯 말 듯, **파릿파릿**은 조금 짙게, **파릇파릿·푸릇푸릇**은 더불어
매우 파르스름한 모양이라는 상반된 뜻까지 가졌다.

흰색의 의태어 사정은 아주 조금 낫다. 먼저 **희끄무레**는 엷게 조금
허연 모양이다. **해끄무레**는 엷고 조금 하얀 모양인데, 얼핏 보면

희끄무레와 비슷하지만 엄연히 다르다. '허옇다'는 "다소 탁하고 흐릿하게 희다"는 뜻으로, "선명하게 희다"는 뜻의 '하얗다'보다 덜 희다. **해끗해끗·희끗희끗**은 군데군데 하얀 모양이고, **해끔해끔·희끔희끔**은 군데군데 하얀 것은 같은데 깨끗함이 더해진다. 여기에 발그스름을 더하면 희끗발긋이 아니라 **해뜩발긋**이다. 설레어 발그스름해진 볼, 분홍빛 도는 흰 복숭아가 떠오르는 표현이다.

붉은색의 의태어도 꽤 많은 편이다. 군데군데 붉은 **불긋불긋**은 군데군데 불그스름한 모양과 매우 불그스름한 모양이라는 다소 동떨어진 두 가지 뜻을 다 가진다. **볼그스레**는 산뜻하게 조금 붉고, **불그스레**는 선뜻하게 조금 붉다. 선뜻은 산뜻보다 큰말이니 **볼그스레**보다 **불그스레**가 붉다. 엷게 발그스름하면 **발그레**, 엷게 빨그스름하면 **빨그레**로 이 둘의 관계도 비슷하다.

검은색은 역시나 어둠과 친밀하다. **가뭇가뭇·까뭇까뭇**은 군데군데 가무스름한 모양이고 **거뭇거뭇·꺼뭇꺼뭇**은 군데군데 거무스름한 모양이다. '감다'는 '석탄의 빛깔과 같이 다소 밝고 짙다', '검다'는 '숯이나 먹의 빛깔과 같이 어둡고 짙다'는 뜻이다. 하니 조금 감은 가무스름한 빛은 조금 검은 거무스름한 빛보다 밝다.

바람 앞의 촛불처럼 작고 희미한 불빛이 잇따라 꺼질 듯 말 듯한 모양은 **까막까막**이라 한다. 까마귀 울음소리 같지만 그런 뜻은 없다. 밤으로 가거나 아침으로 가는 도중, 밝음에서 어두움으로 가는 길목의 어둔 빛깔은 **어슬어슬**, 사물을 못 알아볼 만큼 어두우면 **어둑어둑**이다. **깜깜**은 아주 까맣게 어두운 모양으로, 어떤 사실을 전혀 모르거나 잊었을 때도 쓴다. **깜깜**보다 거센 말은 **캄캄**이다. 깜깜한 밤보다 캄캄한 밤이 더 어두운 밤이다.

노란색의 의태어 중에는 맛난 말이 많다. 군데군데 혹은 매우 노르스름한 **노릇노릇**, 군데군데 혹은 매우 누르스름한 **누릇누릇** 덕분이다. 노른색은 달걀노른자처럼 밝고 선명한 빛이고, 누른색은 황금이나 놋쇠같이 밝고 탁한 빛이다. **노릇노릇**은 잘 구운 빵이나 쿠키에, **누릇누릇**은 잘 구운 누룽지에 어울린다. **노름노름**은 **노릇노릇**과, **누름누름**은 **누릇누릇**과 같은 뜻이다. 몹시 화가 났을 때도 얼굴에 누른빛이 도는데, **누르락붉으락·누르락푸르락**은 방위로 치면 중앙에서 남방을, 중앙에서 동방을 오간다. 방위를 넘나들 정도니까 엄청나게 화가 나긴 난 모양이다.

색감이 선명하지 않거나 여러 색이 뒤섞인 모양을 이르는 말을 대표하는 **울긋불긋**은 단풍 묘사에 애용된다. 여러 빛깔이 뒤섞여 있는 모양이니 단풍에 딱이긴 하다. **알록달록**은 여러 밝은 빛깔의 점이나 줄이, **얼룩덜룩**은 여러 어두운 빛깔의 점이나 줄이 고르지 않은 무늬를 만든 모양이다. 이때 무늬가 고르면 **알록알록·얼룩얼룩**이다. 조금 연한 여러 빛깔의 점이나 줄이 성기고 고르지 않게 무늬를 이룬 **아로록다로록**은 말처럼 뜻도 길다. **알록달록**을 발음하려다 실수로 더듬거린 듯해 인상 깊다.

색감이고 뭐고 보이다 말거나 아예 잘 안 보이면 무슨 소용일까.

어슴푸레는 어둑하고 희미한 모양인데 빛이 약하거나 멀어서 그렇다. 보이고 들리는 것, 또는 기억이나 의식에도 두루 쓴다.

검실검실·감실감실은 먼 곳에서 자꾸 어렴풋이 움직이는 모양으로, 먼 데 있어 그런지 아스라한 멋이 느껴진다. **어룽어룽**은 어른거리는 거고, **아른아른**은 아른거리는 게 아니라 뭔가 희미하게 보이다 말다 한다. **어른어른**은 두 명의 어른이 아니고, **얼른얼른**도 빨리빨리 하는 모양이 아니라 모두 뭔가 보이다 말다 하는 말이다. 진실을 보다 말다 하는 어른도 많고, 빨리빨리 하다 보면 꼭 봐야 할 걸 보다 말다 해서 그런가.

사신과
할망

세상 어디에나 동서남북이 있습니다. 모든 방위에는 신이 머물러 살지
요. 오래전부터 동쪽은 청룡[靑龍], 서쪽은 백호[白虎], 남쪽은 주작[朱
雀], 북쪽은 현무[玄武]가 지켜 왔습니다. 동서남북이 눈에 보이지 않듯,
천상의 동물인 사신[四神]도 사람의 눈에는 뵈지 않습니다.

사신은 천 년에 한 번 지상으로 나들이를 갑니다. 이번에는 오랜만에 어
린 시절 친구였던 설문대를 만나러 제주 한라산에 가기로 했습니다. 설
문대는 오래전, 맞붙어 있던 땅과 하늘을 떼어 내 지상으로 쫓겨난 옥황
상제의 딸이었습니다. 쫓겨난 설문대는 땅과 하늘을 떼어 낼 때 떨어진
흙덩이로 제주를 만들었어요. 가장 큰 흙덩이가 한라산, 작은 흙덩이가
368개의 오름이 되었다지요.

지상으로 쫓겨난 설문대는 진즉 할망이 되었지만, 사신은 어린 시절 모
습 그대로였습니다. 가장 먼저 도착한 이는 온몸의 비늘이 풀처럼 **푸릇
푸릇** 돋아난 청룡이었습니다. 청룡에게는 짙은 풀 향기가 났습니다.

뒤이어 눈송이를 빚어 만든 듯 온 몸이 **희끗희끗** 하얗고, 두 개의 앵두

를 박은 듯 두 눈이 붉어 **해뜩발긋** 신비로운 백호가 눈송이처럼 가볍게 내려앉았습니다. 곧 저 먼 데서 **불긋불긋** 불덩이 같은 무언가가 움직움 직하더니 점점 설문대와 청룡, 백호 쪽으로 다가왔습니다.

붉은 주작은 수시로 형태를 바꾸는 재주가 있습니다. 끝으로 **깜깜**, 아니 **캄캄**이라고 해야 옳을 칠흑 속에서 무언가 **까뭇까뭇** 움직이는 물체가 보였습니다. 설문대 할망이 허허 웃으며 말했습니다.

"현무 폼 잡는 버릇은 여전하네!"

머쓱해진 현무가 슬그머니 자리를 잡았습니다. 현무는 거대한 한 장의 김처럼 온통 검고 거대한 모습이었습니다.

사신은 백록담을 가운데 두고 동서남북 각자의 방위에 앉았습니다. 설문대할망은 마침 물이 마른 백록담 가득 **누릇누릇** 잘 익은 조 껍데기 술을 채웠습니다. 술잔이 몇 순배 돌자, 취기가 오른 설문대 할망의 얼굴도 주작처럼 **빨그레** 붉어졌습니다.

"어차피 인생은 빈 술잔 들고 취하는 것. 그대여 나머지 설움을 나의 빈 잔에 채워 주오!"

설문대 할망은 '빈 잔'이라는 노래를 구슬프게도 불렀습니다. 취기가 더 오르자 '아버지가 보고 싶다, 땅과 하늘을 다시 맞붙이면 아버지가 날 용서할까, 제주 앞바다에 빠지면 아버지가 날 구하러 오지 않을까' 구슬프게 주정을 부리며 엉엉 울었습니다. 얼마나 울었는지, 산 아래는 홍수까지 났습니다. 눈물이 괴지 않도록 온통 구멍난 제주의 곳곳이 물에 잠겼습니다.

사신은 할망을 달래려 머리도 쓰다듬고 등도 토닥이고 눈물도 닦아 주고 손도 맞잡았습니다. 그렇게 설문대 주위로 모여든 사신(四神)의 빛깔이 뒤엉키며 **울긋불긋** 휘황한 한 덩어리의 빛이 되었습니다. 그 빛은 현실에서는 좀체 볼 수 없는 빛이었지요. 약초를 캐러 한라산에 올라갔다가 그 모습을 본 산꾼은 한겨울 백록담에서 불타는 단풍을 보았다며 한동안 헛소리를 하고 다녔다지요.

다음날 새벽 얼핏 눈을 뜬 설문대는 **어룽어룽** 희미한 무언가를 보았습니다. 조 껍데기 술 대신 어젯밤 자신이 흘린 눈물이 가득 괸 백록담에 무언가 **아른어른** 보였는데, 바로 사신이 물 위에 쓴 편지였습니다.

"우리의 친구 설문대야! 다시 천 년 동안 너를 그리워하며 살겠구나. 우리 마음속에 너는 언제나 **아른아른** 살아 있을 거야. 넌 우리의 영원한 친구니까. 우리가 네 곁에 있다는 걸 잊지 마. 다시 만나는 그날까지 건강해! (추신) 술 좀 작작 마셔!"

설문대 할망은 두 볼에 **얼룩덜룩** 눈물자국이 생기도록 펑펑 울었습니다. 하늘을 올려다보니 **어슴푸레** 비치는 새벽빛 속에 푸르고 희고 붉고 검은 네 개의 빛이 **감실감실** 보였습니다. 설문대는 **아로록다로록** 아름답게 물든 하늘을 향해 크게 손을 흔들었습니다.

4

기후

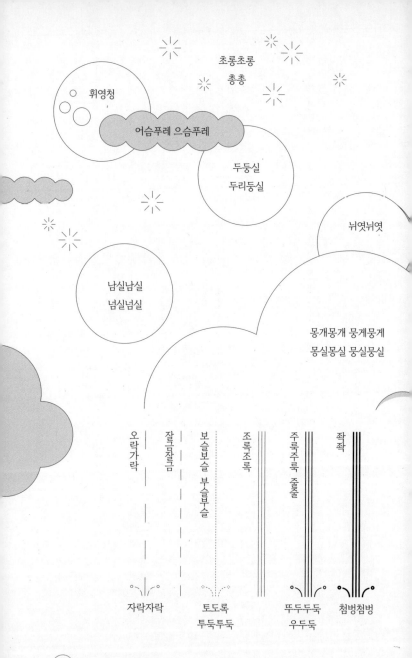

초롱초롱
총총

휘영청

어슴푸레 으슴푸레

두둥실
두리둥실

뉘엿뉘엿

남실남실
넘실넘실

몽개몽개 뭉게뭉게
몽실몽실 뭉실뭉실

오락가락

잘금잘금

보슬보슬 부슬부슬

조록조록

주룩주룩 줄줄

좍좍

자락자락

토도록
투둑투둑

뚜두두둑
우두둑

첨벙첨벙

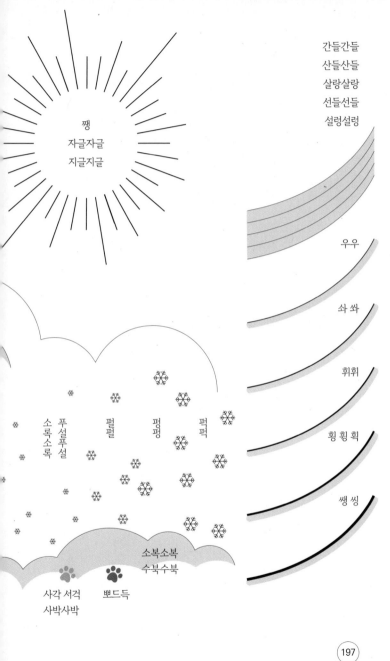

쨍
자글자글
지글지글

간들간들
산들산들
살랑살랑
선들선들
설렁설렁

우우

솨 쏴

휘휘

횡 횡 획

쌩 씽

푸설푸설
소록소록
펄펄
펑펑
퍽퍽

소복소복
수북수북

사각 서걱
사박사박
뽀드득

해와 달, 별이 뜰 때

별이 빛나는 밤에

●

별은 빛을 뿜는 우주 물체다. 하니 별도 별이고, 해와 달도 별이다. 해는 움직이지 않는 붙박이별, 달은 지구라는 떠돌이별의 둘레를 도는 떠돌이별이다. 맑은 밤하늘에는 별이 숱하다. 별의 갯수만큼 수많은 의태어를 기대했건만, 그 수는 해와 달만큼이나 적었다. 달이나 별에 비해 오래 보이기 때문인지 해의 모양을 그린 의태어가 그나마 많았다.

먼저 **남실남실·넘실넘실**은 굽이치는 물결도 표현하지만, 해가 솟을 때도 쓴다. 수평선에서 떠오르는 해, 그 아래 물결이 해에 무늬를 그리는 모습과도 닮았다.

둥실둥실 올찬 해는 **둥실둥실** 지평선과 수평선, 산 너머에서 떠오른다. **둥실둥실**은 둥글고 투실한 모양, 공중이나 물 위에 가볍게 떠서 움직이는 모양 둘 다 이른다. **둥실둥실**의 두 가지 뜻 중 후자는 **두둥실·두리둥실**의 뜻이기도 하다.

수면과 지면을 지나 공중으로 **두둥실·두리둥실** 떠오른 해는 이제 온 세상에 공평히 볕을 내리쬔다. 해가 떠오를 때의 볕을 돋을볕이라 하는데, 그때 볕의 냄새, 곧 볕내는 볕처럼 맑고 환하다.

하늘 한가운데 해가 떠오르면 아침은 한낮으로 넘어간다. 맑은 날,

낮볕은 된볕이나 땡볕이라 부른다. 그중 여름날의 낮볕은 뙤약볕과 불볕이다. 모두 **자글자글·지글지글** 내리쬐는 볕이다. 절정의 볕은 **쨍** 하고 큰 빛을 뿜으며 만물을 살리고 석양볕을 남기며 찬란히 산화한다. 하루치 소임을 다한 해는 비로소 떠나온 곳의 맞은편으로 **뉘엿뉘엿** 저문다.

달은 해보다 의태어 보유 갯수가 적다. 달의 모양을 표현한 말은 그 수가 적긴 하지만 높은 달처럼 외롭거나 초라하지는 않다. **휘영청** 뜬 달! 그 밖에 뭐가 더 필요한가. **휘영청**은 실은 달의 모양이 아니라 달빛의 모양, 그중에서도 '달빛이 몹시 밝은 모양'을 이른다. 이와 달리 달안개 낀 으스름달밤이면 만물은 **어슴푸레·으슴프레** 보인다.

하늘에는 별의별, 별별 별이 다 있는데 빛나기는 매한가지다. 별을 두고 **반짝반짝·빤짝빤짝** 빛난다고 하는데, 이는 작은 빛이 잠깐 잇따라 나타났다가 사라질 때 쓰기에 알맞은 말이다. **깜빡깜빡**은 별빛이 어두워졌다 밝아졌다 하는 모습으로 **껌뻑껌뻑·끔뻑끔뻑**도 같은 뜻이다. 해에게 그러했듯 사람이 눈을 깜빡거리느라 별빛이 **깜빡깜빡** 보인다고 그리 부른지도 모르겠다.

실제 빛이 나타났다 사라지거나, 어두워졌다가 밝아지는 별은 별똥별이나 인공위성, 혹은 신성(新星)이나 초신성(超新星)이다. 신성은 희미한 빛이 폭발로 잠시 밝아졌다가 다시 희미해지는 별이며, 초신성은 신성보다 1만 배 정도 밝은 별이라 한다. 별은 밝기에 따라 등급을 나누며, 신성과 초신성을 제외한 대부분의 별은 대체로 비슷한 밝기의 빛을 내뿜는다. 하니 거개의 별은 **반짝반짝·빤짝빤짝, 깜빡깜빡** 빛나기보다 촘촘하고 또렷히 **총총**, 밝고 또렷히 **초롱초롱** 빛난다. 마치 밤하늘을 올려다보는 아이의 맑은 눈처럼.

내 곁의
새

한적한 어느 바닷가, 한 아이 곁에 새 한 마리가 내려앉습니다. 새는 아이의 손에 잡힐 듯 가까운 곳에 있습니다. 새는 너무나 아름답고, 새소리 또한 맑고 청아합니다. 아이는 새를 만지고 싶었으나 그럴수록 새는 한 발짝 멀어집니다. 새에게 반한 아이는 한밤이 되어서야 자리에서 일어났고, 아이가 떠나자 새도 어디론가 사라집니다.

다음 날, 아이는 이른 아침부터 바닷가에서 새를 기다립니다. 남실거리는 물결 위로 해가 **남실남실** 솟습니다. 여느 때와 달리 찬란한 해돋이에도 아이는 아무런 감흥이 없습니다.

두 무릎 사이에 얼굴을 파묻고 새를 기다릴 뿐이죠. **두둥실** 떠오른 해가 아이의 머리 위에서 **지글지글** 아무리 뜨거운 땡볕을 내리쬐어도 아이는 꼼짝하지 않습니다.

아이는 오로지 새만 기다립니다. 고개를 들지 않았는데도, 아이는 뒷목에 닿는 볕의 온도와 볕내만으로 석양이 내린다는 사실을 알았지만 여전히 자리를 뜨지 않습니다.

살며시 고개를 든 아이는 깜짝 놀랍니다. 아이 곁에 새가 와 있었거든요. 아이는 너무 기뻐 새에게 다가갑니다. 그러자 새는 낮게 날아올라서는 아이에게서 조금 떨어진 곳에 다시 내려앉았습니다. 처음 만난 그날처럼 새는 아이가 다가갈수록 조금씩 멀어집니다.

훨훨 날아오른 새를 쫓아 아이는 한참을 달립니다. 새는 공중에서 물결무늬를 그리며 날아오릅니다. 아이는 홀린 듯 새를 쫓아 깊은 숲 속까지 갔습니다. 그사이 **뉘엿뉘엿** 해가 저물고 **휘영청** 달이 떴습니다.

새는 또 어디론가 사라지고 순식간에 사위가 칠흑처럼 어두워졌습니다. 아이는 저 멀리 **깜빡깜빡** 빛나는 등대 불빛을 따라 다시 바닷가로 돌아왔습니다.

새는 그 이후로도 드문드문 아이 곁에 나타났습니다. 오랜 시간이 흐른 어느 날, 아이는 해와 달이 한 하늘에 같이 있을 때, 개와 늑대의 시간이라 불리는 그 무렵에만 새가 나타난다는 사실을 알았습니다.

청년이 된 아이는 이제 하루종일 바닷가에 머물지 않았죠. 청년은 해가 **두리둥실**, 달이 **두둥실** 떠오른 날에만 바닷가로 달려가 새를 만났습니다. **초롱초롱** 별이 뜨면 새가 떠나지 않아도 먼저 돌아섰고요. 새가 곧 떠날 걸 아니까요.

띠약볕이 **자글자글** 쏟아지던 어느 날, 바닷가에 한 노인이 나타났습니다. 오래전 새에게 반한 그 아이였죠. 청년이 된 아이는 어른이 되면서 점점 더 새를 찾지 않다가 언젠가부터는 아예 바닷가에 나타나지 않았습니다. 수십 년 만에 바닷가를 다시 찾은 노인은 새를 쫓던 날을 띠올렸습니다. 어느새 노인의 눈가에는 눈물이 그득 고였습니다.

새가 보고 싶었지만 볼 수 없으리라 생각한 그때, 다시 새가 나타났습니다. 해와 달이 한 하늘에 있는 때에만 보이던 새가 어쩐 일인지 한낮인데도 아이 앞에 나타났습니다.

"노인이 된 아이야! 난 언제나 이곳을 맴돌았단다. 늘 네 곁에 있었는데, 넌 너무 오랫동안 나를 보지 않더구나. 이제 진짜 너를 떠나야 할 때가 되었어."

이내 새는 공중으로 훨훨 날아오르며 **반짝반짝** 빛을 뿜었습니다. 그러고는 더 먼 하늘로 날아가 **총총** 빛나는 별이 되었습니다. 노인은 뜨거운 눈물을 흘리며, 집게손가락으로 모래밭에 글자를 썼습니다. '희망'이라는 두 글자를.

바람이 불 때

바람은 선들선들, 꽃잎은 나풀나풀

•

가볍고 보드라운 바람이 분다. 간들간들한 잔바람은 소리도 가벼
웁다. 가볍고 부드러운 간들바람은 **간들간들** 분다. 산들바람·살
랑바람은 가볍고 보드랍게 **산들산들·살랑살랑** 불고, 선들바람·건
들바람은 가볍고 부드럽게 **선들선들·설렁설렁** 분다.

일 없이 빈둥거리는 자의 몸짓도 딱 바람 부는 모양을 닮았는데,
이를 **건들건들**이라 한다. 부드럽게 살랑살랑한 **간들간들**, 사늘한
바람이 가벼이 슬쩍 부는 **건듯건듯**도 비슷한 뜻이다. 보드라운 바
람은 **살살·술술·슬슬** 불어오기도 하는데, 일편단심의 솔솔바람은
이름따라 올곧게 **솔솔** 분다.

가벼운 바람에는 가벼운 물체가 가벼이 날리운다. 잔잔한 봄바람
이 불면 나뭇잎은 **오소소**, 꽃잎은 **나풀나풀·너풀너풀** 날린다. 긴
나뭇가지는 **낭창낭창**, 잘 익은 오디는 **대롱대롱** 흔들린다.

파도는 잔물결을 이루며 **찰랑찰랑**, 부두의 새악시 아롱 젖은 옷자
락은 **하늘하늘·흐늘흐늘**, 연분홍 치마는 **한들한들** 날리운다. **딸
랑딸랑·짤랑짤랑** 어디선가 풍경 소리 들려 오고 <u>으스스</u> 소름 돋는
외로움만 깊어 간다.

바람이 세진다. **우우** 바람이 몰려다니는 소리도 커진다. 연 날리기

좋은 연바람, 매서운 된바람이 불어온다. 물결은 **금실금실** 높아지고, 나뭇가지 사이로 **쏴·쏴** 바람이 스쳐 지난다. 빨랫줄의 베갯잇은 **거풀거풀**, 홑이불은 **풀럭풀럭** 들척이고, 온 나무 이파리는 **팔랑팔랑** 나부낀다. 볕 쬐던 놋그릇 **달그락달그락** 요란하고, 열린 문으로 숭숭 바람이 새어들면 잔털 **숭숭** 돋아난 하룻강아지 **바들바들** 온몸을 떤다.

큰 바람이 오려는지 먼 산에 구름같이 뽀얀 바람꽃이 피어난다. 진정 센바람이 분다. 빠른 질풍과 사나운 열풍이 뒤섞인 세찬 폭풍이 몰려온다. **휘휘** 세고 거친 바람 소리에 온몸이 움츠러든다.

횡·휙·횡 센 휘바람은 회초리 소리를 낸다. 휘몰아치는 바람결은 **쌩·씽** 차고 빠르게 내달리고 파도는 **일렁일렁** 크게 흔들린다. 팽팽하던 전선조차 **윙윙·왱왱·웽웽·잉잉** 울어대고 뿌리 깊은 나무마저 **흔들흔들** 휘청댄다.

그 바람결에 허술하던 돌담 한 귀퉁이 **와르르** 무너지고, 헛간 창문 **와장창** 깨어지고, 하룻강아지 아까보다 더 크게 **벌벌** 떨며 어미 품을 파고든다. 미처 걷지 못한 이불은 **팔락팔락·펄럭펄럭** 바람만큼 크게 나부낀다.

우릉! 바람이 더 커진다. 꼭꼭 숨어라. 죄 하늘로 날아갈라.

여행자

바람은 떠나온 집을 찾겠다며 온 세상을 떠돕니다. 오늘도 때죽나무 이 파리를 간지럽히고 고마리 꽃잎을 애태우며 **간들간들** 떠돌지요. 미끄 럼틀 타듯 **산들산들** 계곡을 미끄러지기도 하고요.

시원한 계곡물을 맞아 기분이 좋아지면 **솔솔** 바다까지 불어가는 바람 은 해변에서 모래성 쌓는 아이의 머리 위를 **건듯건듯** 스치고, 뱃전에 선 어부의 귓전을 **살랑살랑** 간질이며 갈매기를 태우고 먼 섬까지 **설렁설 렁** 불어가지요.

너무 외로울 때는 말채나무를 **낭창낭창** 흔들어 나뭇가지 연주를 듣고, 벚나무를 후 불어 **나풀나풀** 벚꽃으로 꽃비를 만들기도 합니다. 빨랫줄 의 양말부터 담요까지 오만 빨래를 다 흔들어 놓기도 하지요. 하늘색 손 수건을 **하늘하늘** 춤추게 하고, 가만히 선 수레 방울도 **짤랑짤랑** 울립니 다. 바람은 날지 못하는 모든 것을 날게 하지요.

먹구름이 끼고 채찍 같은 비가 쏟아지면 바람도 덩달아 어두워집니다. 다시 집으로 돌아갈 수 없는 게 아닐까, 흐린 생각이 들기 때문이죠. 그럼 홀로 지낸 정처 없는 날들이 서글퍼져 크게 울부짖고 싶습니다.

그럴 때마다 바람은 애써 설움을 지우려 **휘휘** 거센 소리를 내며 배롱나무와 버드나무를 괴롭힙니다. 늘어진 귀룽나무와 버드나무 가지로 **휙휙** 공중을 있는 대로 후려칩니다. 열린 창문이 보이면 **씽씽** 달려가 **쌩쌩** 무서운 소리도 일으킵니다.

그래도 성이 풀리지 않으면 창공에서 8자를 그리며 **윙윙** 울어 댑니다. 바다도 같이 울어야 한다며 **일렁일렁** 물결을 일으킵니다. '내가 나타나면 모두 집으로 돌아가는데 나는 어째서 집으로 돌아갈 수 없을까.' 보이는 모든 것의 양팔을 붙들고 **흔들흔들** 흔들며 따지고 듭니다.

참매 새끼 한 마리, 갑작스러운 바람에 **벌벌** 떨다 둥지에서 떨어집니다. 죽은 새끼를 입에 문 참매 어미, **퍼덕퍼덕** 날개를 치며 바람의 뺨을 후려치고는 준엄한 목소리로 바람을 꾸짖습니다.

"떠나온 곳이 없으니 돌아갈 곳도 없거늘!"

울 수 없는 바람, **우룽** 큰 소리로 울부짖습니다.

구름이 피어날 때

인생은 구름결의 뜬구름

●

구름도 해와 달, 별처럼 아득히 멀어서일까. 구름의 소리는 고사하고 모양을 담은 의태어도 별 없다. **몽실몽실·뭉실뭉실, 몽개몽개·뭉게뭉게** 정도다. **몽실몽실·뭉실뭉실**은 구름이 동글동글하게 뭉쳐서 가볍게 떠 있거나 떠오르는 듯한 모양으로 **몽개몽개·뭉게뭉게**처럼 연기에도 쓴다. **몽개몽개·뭉게뭉게**는 구름이 크고 둥글게 생겨날 때 쓰는 말인데, 문득 구름이 태어나는 곳은 과연 어디일까 궁금해진다. 힘차게 잘 자라는 모습을 이르는 **모락모락·무럭무럭**은 주로 연기나 냄새, 김 따위가 많이 피어오를 때, 때로 구름이 그러할 때도 쓴다.

구름과 관련한 의태어는 드물지만, 구름의 부위(?) 또는 모양과 종류를 뜻하는 말은 아주 많다. 대부분 뜻만큼 어감도 아름답다. 먼저 천상의 영원한 동반자, 구름과 비를 아우르는 옛말은 '구룸비'다. 여기서 '구룸'은 구름의 옛말인데 **몽실몽실** 피어난 구름처럼 동글동글한 맛이 난다.

시간과 연관된 구름 용어 중 구름결은 구름같이 슬쩍 지나가는 겨를을 이르는데 '덧없이 빠르게 지나가는 동안'이라는 뜻의 꿈결과 비슷하다. 구름이 끼어 어두운 밤은 구름밤이라 한다.

구름을 부위별로 나누어 보면 우선 구름 덩어리의 윗부분을 구름 머리, 아래로 드리운 부분은 구름자락, 구름 덩이 사이의 틈새는 구름짬이라 한다. 구름발치는 구름의 끄트머리 같지만, 그게 아니라 구름에 맞닿은 것처럼 보일 만큼 먼 곳을 은유한다. 해서 '내 님은 구름발치로 떠났는지, 영영 돌아올 생각을 않는구나'처럼 멋진 넋두리도 할 수 있다.

천문학에서 정의하는 구름의 종류는 수많지만, 여기서는 비유나 상징을 담은 몇 가지 구름만 소개하려 한다. 나비구름은 구름의 형상에서 따온 말로 날아가는 나비 날개처럼 넓게 펼쳐진 구름을 이르는 말이다. 두루마리구름은 층적운으로 롤빵이나 털실을 꼬아 감은 듯하다고 하여 롤운(Roll 雲)이라고도 한다.

실처럼 가는 실구름 중에서도 명주실구름은 명주실처럼 가는 구름이 층을 이룬 털층구름이다. 모루구름은 적란운의 윗부분이 대장간에서 쇠를 두들릴 때 쓰는 쇳덩이 받침, 모루 또는 나팔꽃을 닮았다.

구름의 명칭은 색에 따라서도 달라진다. 얼마나 아름다운지 머리에 꽃을 단 꽃구름은 여러 가지 빛을 띤 구름인데, 햇빛을 받아 무지갯빛을 띠는 무지개구름이 여기 속한다. 놀구름은 노는 구름이 아니라 붉은 노을빛이 깃든 구름이고, 하늘빛이 스민 듯 푸른 구름은 녹운(綠雲)이다. 녹운은 숱이 많고 검푸른 머리나 무성한 잎을 비유하는 말이기도 하다. 색이 아주 짙은 구름은 농운(濃雲)이라 하는데, 먹구름이나 먹장구름 대신 쓴다.

비행운(飛行雲)은 하늘에 긴 자욱을 남기는 비행기의 자취로 비행기구름이라고도 부른다. 비행운은 자연의 구름이 아니라 비행으로 만들어진다는 점에서 이동이나 여행 등 자유로움을 상징한다. 또 하늘에 남은 자취나 자욱이라는 점에서 아련한 정서를 전한다. 어찌 보면 꿈, 이상향과도 이어지는 등 여러 의미를 내포한다.

일상에서 구름에 빗대어 가장 자주 쓰는 말은 단연 뜬구름이다. 더없이 가벼운 옷을 두고 구름옷이라 하듯, 세상 가장 가벼운 구름에 '뜬'을 덧댄 뜬구름은 덧없는 세상사를 제대로 빗댄다. 먹구름은 어떤 일의 좋지 않은 상태를 비유하는데, 먹구름이 끼면 온 세상이 어두워지고 곧 비가 오기 때문이다.

이 책의 독자가 의성의태어를 널리 써 보다 신명 나는 일상을 보내길 바라는 마음, 고운 자태와 향기를 가진 우리말을 더욱 깊고 넓게 쓸 수 있기를 바라는 것이 정녕 뜬구름 잡는 일은 아니었으면 하는데, 저 멀리 몰려오는 건 먹구름일까, 꽃구름일까.

변신

신들의 하늘에 살 때, 구름은 언제나 같은 자리에 같은 모습으로 존재했습니다. 구름은 그런 삶이 너무 답답했습니다. 인간이 우러르는 완전한 신들의 모습도 지루했고요. 그래서 신께 인간의 하늘로 보내 달라고 간청했어요.

신들은 오랜 회의 끝에 구름의 소원을 들어 주기로 했습니다. 대신 조건이 있었지요. 한순간도 같은 모습이어서도, 같은 자리에 머물러서도 안 된다고 했습니다. 구름은 자신 있게 그러겠다고 답했어요. 그게 뭐 그리 어려운 일일까 싶었죠.

구름이 기대했던 대로 인간 세상은 아주 흥미로웠습니다. 매일이 소풍처럼 신났어요. 처음 보는 인간 세상은 신비로웠고, 인간은 참으로 사랑스러웠어요.

구름은 매 순간 다른 모습으로 **몽실몽실** 떠올라 어딘가를 여행했습니다. 그렇게 온 세상을 떠돌았습니다. 끊임없이 흐르는 구름따라 **뭉게뭉게** 피어난 구름도 계속 흘러갔습니다.

그런데 시간이 갈수록 조금 힘겨워졌습니다. 지내 보니 세상이 마냥 아름답지만은 않았거든요. 사랑스러운 존재로 보이던 인간은 실로 어리석고 잔인했습니다. 서로를 이해하려 말을 만들어 놓고 그 말 때문에 서로를 죽이기까지 했지요.

보이는 것을 믿지 않고 보이지 않는 것을 믿기도 하고요. 그러다가는 보이는 게 다라고 우기며 다투었지요. 구름은 태어나 그처럼 어리석은 존재를 본 적이 없었습니다. 게다가 인간은 자신밖에 몰랐습니다.

구름은 어리석고 잔인한 인간의 모습을 지켜보다가 때로 넋을 놓곤 했습니다. 죄 있는 자가 죄 없는 자를 무자비하게 죽이는데 산 너머 사는 사람이 그 일을 아예 모를 때는 대신 파발마가 되어 달리고 싶기도 했습니다.

간악한 자들이 큰 배를 바다에 빠뜨리고 무능한 자들은 지켜보기만 해 수많은 목숨이 바다로 가라앉을 때는 대왕고래가 되어 그 배를 밀어 올리고 싶었습니다. 계속 흘러가야 했지만 너무나 끔찍한 순간, 구름은 한자리에 같은 모습으로 멈추어 결국 구름은 신과의 약속을 어기고 말았지요.

구름자락이 갈갈이 찢기는 고통에 몸부림쳐도 신들은 정해진 시간이다 될 때까지 풀어 주지 않았습니다. 신들은 구름을 풀어 주면서 벌 받은 기억을 지웠는데, 실은 그것이 더한 벌이었지요.

구름이 신에게 벌을 받는 동안 하늘에서는 때로 구름이 사라지곤 합니다. 그런 사정을 아는지 모르는지 인간들은 하늘을 올려다보며 이렇게 말합니다.

"오늘 참 맑네. 구름 한 점 없이!"

비가 나리 때
홀

●

엄마의 일기예보는 때로 기상청보다 정확하다. 꽃처럼 **활짝** 개여 **카랑카랑** 맑은 날에도 엄마가 '온몸이 찌뿌드드한 게 곧 비 오겠다'하면 정말 곧 비가 온다. **찌뿌드드**는 몸이 거북하거나 무거울 때도 쓰지만 비나 눈이 올 듯 날씨가 매우 흐릴 때도 쓴다. **구질구질**도 **찌뿌드드**처럼 두 가지 뜻을 가졌다.

"왜 자꾸 **구질구질** 매달려?"

미련 떠는 연인에게 이리 말할 때처럼 하는 짓이 깨끗하지 못하고 구저분하다, 날씨를 표현할 때는 비나 눈이 내려 맑지 못하다는 뜻이다. **구질구질**처럼 날씨가 몹시 흐려지는 모습을 이르는 말로는 **그물그물·끄물끄물**도 있다.

흔히 흐린 날을 표현할 때 자주 쓰는 '꾸물꾸물'은 실제로 그런 뜻은 없으며 '매우 느리게 움직이는 모양, 굼뜨고 게으르게 행동하는 모양'을 이른다. 날씨가 활짝 개는 데 게을러 보여서, 혹은 구름의 이동 속도가 느려 보여서 그리 쓰나 보다.

날씨가 어둡고 침침한 상태를 이르는 **우중충**은 비 오기 전후의 날씨를 표현하기에 알맞다. 또 비나 눈이 내렸다 그쳤다 하면 **오락가락**, 오락가락하는 양이 적을 때는 **잘금잘금**, 비나 눈이 오락가락

하면서 날씨가 궂을 때는 **지분지분**이라 한다. 자꾸 짓궂은 언행으로 남을 귀찮게 할 때도 **지분지분**이라고 하는데, **구질구질**처럼 뭔가 개운치 않다는 점에서 닮았다. **추적추적**은 비나 진눈깨비가 자꾸 축축하게 내리는 모습이니 가볍지 않고 지루하게 내리는 비, **찌뿌드드**를 유발하는 비에 어울린다.

드디어 비가 내린다. 빗방울이 무언가에 부딪히는 소리가 들린다. **차락차락** 가볍게 부딪히니 분명 가벼운 비다. 갑자기 내리는 비는 **후두두** 소리를 낸다. 엇비슷한 **후두둑**·**흐드득**은 굵은 빗방울이 성기게 떨어지는 소리, **토도독**은 빗방울이 바닥이나 나뭇잎에 세게 떨어지는 소리, **투두둑**은 우박처럼 보다 크고 투박한 바닥이나 나뭇잎 위에 떨어지는 소리다. **우두둑**은 빗방울과 우박이, **뚜두두둑**은 소나기나 우박이, **투둑투둑**은 빗방울뿐 아니라 나무 열매가 떨어질 때도 쓴다.

비는 빗줄기의 굵기에 따라 나눌 수도 있는데, 빗줄기가 가장 가는 건 안개비다. 빗줄기가 너무 가늘어서 안개처럼 부옇게 보이는 비. 그다음은 는개인데, 오타가 아니다. 안개비보다 조금 굵고 이슬비보다 가는 비다. 과연 는개와 이슬비를 구분할 이가 몇이나 될까. 어쩌면 는개는 못 알아봐서 자주 불리지 못하다.

실비는 실처럼 가는 비인데, 이슬비와 맞먹게 가늘다. 실비 중에서도 은실비는 빗줄기가 가늘고 희어 은실을 드리운 듯하다. 사금처럼 채반에 모아 보고 싶은데 '금실비'는 따로 없다. **보슬비**는 빗줄기가 가늘고 성기어 **보슬보슬**, **부슬비**는 **부슬부슬** 내린다.

이처럼 가는 비에 어울리는 의태어로는 **보슬보슬·부슬부슬**이 널리 쓰인다. 모두 비나 눈에 다 쓰고 가늘고 성기며 조용히 내린다. **솔솔·술술**도 가는 비나 눈이 가볍게 내리는 모습을 형상화한 말이다.

조록조록도 가는 물줄기가 내리는 소리니 가는 비에 어울린다. **조록조록**의 모든 모음 'ㅗ'가 아래로 뒤집어 'ㅜ'가 된 **주룩주룩**은 굵은 물줄기가 내리는 소리다. 'ㅓ, ㅜ, ㅡ, ㅣ' 같은 음성 모음은 크거나 어두운 느낌이 주기 때문이다.

줄줄도 **주룩주룩**과 비슷한 뜻이다. **주룩주룩**은 소나기처럼 시원한 비, 쾌우(快雨)나 갑자기 세게 내리는 갑작비, **줄줄**은 멋지 아니하고 계속 내리는 진비, 끄느름하게 오랫동안 내리는 궂은비에 어울린다. 센 비에 불어난 개울물이 **찰찰** 소리를 내면, 길 가운데 물웅덩이가 고이고 이내 장화 신은 아이들이 **찰파닥·철퍼덕** 추임새를 넣는다.

굵고 센 빗줄기가 **좍좍·쫙쫙** 쏟아지면 조그맣던 물웅덩이는 **첨벙첨벙** 물장구질치기 좋도록 크고 깊어진다. 물살은 **여흘여흘** 빠르게 흘러간다. 그때 내리는 비는 끊임없이 내리는 줄비, 빗줄기가 장대처럼 굵게 거센 장대비, 그칠 가망 없이 많이 내리는 뚝비일 테다. 물결치는 소리이기도 하면서 비바람 치는 소리이기도 한 **솨·쏴**는 채찍을 내리치듯 굵고 세찬 채찍비에 딱이다.

비바람에 바다도 맞고 바람도 맞는다. 모두 비에게 매를 맞는다. 왜 맞을까. 왜 맞을까. 원인은 한 가지. (우산 살) 돈이 없어!

맑은 날
내릴래

비 형제 중 첫째 비는 빗줄기가 가늡니다. 어떤 날은 안개비였다가 어떤 날은 는개가 되어 내렸지요. 이슬비나 보슬비일 때도 있고, 아주 기분이 좋으면 아름다운 은실비가 되기도 합니다.

"날씨가 **찌뿌드드** 흐린 걸 보니 슬슬 나갈 때가 되었군."

"우리는 왜 맨날 **구질구질** 구저분한 날에만 세상에 나갈까?"

"나무는 햇볕과 물을 동시에 먹지 못하니까!"

"몰라, 몰라, 내 꿈은 맑은 날 내리기야."

막내 비가 첫째 비를 붙잡고 흐린 날 말고 맑은 날 세상에 나가자며 매달리는 바람에 땅에서는 비가 **오락가락** 내렸다 그치기를 반복합니다. 결국 첫째 비는 청개구리 같은 막내에게 붙들려 얼마 못 내리고 다시 하늘로 올라갔습니다.

얼마 내리지 않았지만, 모처럼 내린 봄비는 꿀비가 되어 매실나무 밭을 싱그럽게 만들었습니다. 여린 매화 꽃잎은 촉촉이 젖어 향이 더욱 은은해졌고요. 농부는 흐뭇한 얼굴로 하늘을 올려다봅니다.

"너무 가물어 시름에 겨웠는데, 꼭 알맞은 때 약비를 내려 주어 고맙습니다."

얼마 지나 이번에는 둘째 비가 세상으로 나가려 합니다. 둘째는 덩치도 크고 소리도 커 막내가 차마 붙들지 못합니다.

"오늘은 채찍처럼 내릴까, 장대처럼 내릴까?"

혼잣말을 하는 둘째의 등에 대고 "맑은 날 내리자니까" 들릴 듯 말 듯한 목소리로 중얼거릴 뿐이지요. 둘째는 제일 먼저 **토도독** 매실나무 이파리에 떨어집니다. 곧 **우두둑, 뚜두두둑** 장대 같은 빗줄기로 온 세상을 때려 댑니다.

갑작비에 놀란 일꾼은 혼비백산해 원두막 아래로 뛰어듭니다. 둘째는 **주룩주룩** 멎지 않고 줄비로 내립니다. 조랑조랑 올찬 매실을 보며 농부는 다시 흐뭇하게 웃습니다.

"복비가 내리는 걸 보니 올해 매실 농사는 대풍이겠군."

날씨가 맑아지자, 비 가족은 모두 쿨쿨 잠이 듭니다. 막내는 온 가족을 깨우고는 마구 조릅니다.

"우리 함께 나가요! 난 맑은 날 세상 구경하고 싶다고요."

하지만 가족 중 누구도 나설 마음이 없습니다. 심심해진 막내는 있는 힘껏 맑은 하늘에 빗방울 하나를 떨어뜨립니다. **풍당** 소리와 함께 매실나무 과수원 한가운데 연못에 빗방울 하나가 떨어집니다. 연못가에 있던 농부의 아이가 외칩니다.

"엄마, 방금 작은 물고기가 뛰어올랐어!"

막내는 더 큰 빗방울을 떨어뜨립니다. 아까보다 더 크게 **풍덩** 소리가 나네요.

"엄마, 이번에는 엄청 큰 물고기가 뛰었어!"

막내는 그런 아이가 귀여워 키득키득 웃습니다. 시간이 흘러 서서히 매실이 익어갑니다. 갑자기 하늘이 **그물그물** 흐려집니다. 깊이 잠들었던 엄마, 아빠가 채비를 하고 나섭니다.

"막내야, 이번에는 좀 오래 있다 올 테니 말썽 피우지 말고 잘 지내고 있거라."

엄마, 아빠는 매우(梅雨)가 되어 매우 세찬 비로 내립니다. 두 달을 쉬지 않고 뚝비로 내립니다. 농부는 긴 비에 시름이 깊어집니다. 궂은비가 그치기를 바라지만, 결국 매실은 오랜 비에 죄 떨어지고 말 정도로 오래도록 비가 내립니다. 그러고도 한참이 지나서야 장마는 끝이 났습니다.

농부는 크게 시름하다 시름시름 병이 들었습니다. 아이가 웃어도 농부는 따라 웃지 않았습니다. 시무룩한 표정으로 홀로 연못가에 앉아 **텀벙텀벙** 물장구를 치던 아이가 문득 하늘을 올려다봅니다.

맑고 화창한 걸 보니 비가 올 것 같지는 않았습니다. 비가 올 때면 물웅덩이를 차며 철없이 놀던 일이 미안해져 괜히 눈물이 납니다. 그 모습을 지켜보던 막내가 아이에게 비를 내립니다.

"이 나쁜 비! 저리 꺼져 버려!"

"어서 엄마, 아빠를 불러. 곧 무지개가 뜰 테니까."

막내의 말대로 매실나무 밭에 커다란 무지개가 뜹니다. 농부는 무지개를 보고 모처럼 환하게 웃으며 말합니다.

"반가운 여우비로구나!"

마침내 막내 비가 오랜 꿈을 이루자 농부도 새 꿈을 꾸었습니다.

눈이 내릴 때

사락사락 내리고 수북수북 쌓이고

●

눈의 종류도 비처럼 다양하다. 눈송이 크기와 눈의 양을 기준으로 하면 조금씩 잘게 내리는 가랑눈이 제일 가벼웁다. 비로 치면 '가랑비'랄까. 가벼운 건 비슷한데 성기게 내리는 포슬눈은 눈송이가 가랑눈보다는 크다. 눈송이가 가루같은 가루눈은 눈송이는 작아도 계속 쌓이면 꽤 큰 눈이 된다. 비가 섞여 내리는 진눈깨비가 있는가 하면 비가 섞이지 않은 마른눈도 있다. 바람에 흩날리는 비설(飛雪)은 이름 탓에 무협소설에 어울릴 듯하다.

이처럼 가볍게 내리는 눈에 어울리는 의성의태어로는 **소록소록**, **사락사락·싸락싸락** 등이 있다. **소록소록**은 비나 눈 따위가 **보슬보슬** 내리는 모양을 뜻하는 의태어이고, **사락사락·싸락싸락**은 눈 따위가 가볍게 내리는 소리를 뜻하는 의성어라는 점에서 다르다.

병세가 오래 지속되는 모습을 표현하는 **시름시름**은 비나 눈 따위가 조용히 내릴 때도 쓴다. 비 내리는 모습을 담은 **보슬보슬·보실보실**은 가늘고 성기게 조용히 내리는 눈에 어울린다. **부슬부슬·푸슬푸슬**은 조용하면서 성긴 눈, **푸설푸설**은 자꾸 조금씩 흩날리듯이 내리는 눈에 어울리는 말이다.

적당히 내리는 눈을 지칭하는 말은 따로 없고, 바로 굵고 탐스러운 함박눈으로 넘어간다. 강설(強雪)이 갑자기 많이 내리면 폭설(暴雪)이다. 둘 다 주의가 필요해 기상청에서 주의보를 내리곤 하는 눈이다. 이보다 위험한 눈으로는 광설(狂雪)과 사태(沙汰)눈이 있다.

광설은 이마에 떡 하고 미칠 광(狂) 자를 단 눈답게 바람에 휘날리며 어지럽게 내리는 눈, 갑자기 많이 내리는 눈이다. 그야말로 미친 눈이다. 사태눈은 산사태나 눈사태로 무너져 내리는 눈을 이른다. 주먹질에 어울리는 **퍽퍽**은 그래서인지 굵은 빗줄기나 함박눈 따위가 몹시 퍼붓는 모양으로, 발음이 엇비슷한 **폭폭·푹푹**과 사뭇 다른 뜻이다. **폭폭·푹푹**은 눈이 많이 내려 **소복소복·수북수북** 쌓이는 모양이며, 발이 깊이 빠지거나 들어갈 때도 쓴다. 또 '눈'이라는 동요 때문에 귀에 익은 **펄펄**은 눈이 세차게 날릴 때, **펑펑**은 눈이 세차게 내릴 때 쓰기 좋은 말이다.

눈의 양과 상관 없이 두루 쓰는 의태어, **소복소복·수북수북**은 눈이 볼록하게 많이 쌓인 모습을 이른다. '송이 송이 눈꽃송이 하얀 꽃송이'로 시작하는 동요, '눈꽃송이'라는 동요에 등장해 눈 하면 자연스레 떠오르는 **송이송이**는 '여럿 있는 송이마다 모두'라는 뜻의 부사지만 의성의태어는 아니다.

눈은 시기에 따라서도 세세하게 나눌 수도 있는데, 이름 앞에 내리는 때를 뜻하는 우리말이나 한자가 앞에 붙는다. 효설(曉雪)은 새벽에 내리는 눈, 조설(早雪)은 제철보다 일찍 내리는 눈이다. 설눈은 설익은 눈이 아니라 설날에 내리는 눈이다. 그리고 첫눈은 그해 겨울 처음으로 내리는 눈으로, 하니 11월쯤 내리는 눈은 '올해 첫눈'이 아니라 '올 겨울 첫눈'이라 해야 맞다.

양과 때에 따라 눈의 종류는 달라지지만 눈 밟는 소리는 그 모두에 쓴다. 가볍게 밟으면 **사박사박**, 그냥 밟으면 **사각사각·싸각싸각**, **서걱서걱·써걱써걱**, 약간 세게 밟는 소리는 **보드득·뽀드득**으로 거 소리 한 번 야무지다.

물 녹이는
불

세상에는 몇몇 마귀가 사는데, 그중에 화마(火魔)라는 놈이 있습니다. 불을 일으키는 마귀죠. 불이 있어야 집도 밥도 데우지만 그 불이 너무 커지면 집도 태우고 산도 태웁니다. 그건 다 화마가 하는 짓이죠. 화마는 꺼진 불도 살려 내는 심술 궂은 녀석이에요.

나무로 된 집에 살던 옛날에는 '드므'라는 이름의 큰 독에 물을 받아 놓고 화마를 내쫓곤 했어요. 물에 비친 제 모습을 보면 화마가 도망간다나요. 스스로도 놀랄 만큼 화마는 무섭게 생겼대요. 또 화마는 차가운 물을 아주 싫어해 드므에 담긴 물을 뿌리면 멀리 도망가기도 했대요.

비를 싫어하는 화마는 여름에는 도통 보이지 않다가 겨울이면 자주 나타났어요. 화마에 지친 사람들은 비를 관장하는 신, 우사(雨師)에게 겨울에 화마가 나타나지 않게 해 달라고 빌었어요.

간곡한 부탁에 우사는 어떡하면 화마를 잠재울지 궁리했습니다. 옳다구나, 갑자기 우사가 무릎을 탁 쳤습니다. 화마에게 비를 얼려 먹이면 되겠다는 기막힌 생각이 떠올랐기 때문이죠. 얼린 비는 '눈'이라고 부르기로 했습니다. 영리한 우사는 눈에다가 눈을 감기게 하는 기운도 조금 넣었어요.

어느 날, 온 세상에 **사락사락** 가루눈이 내렸어요. 우사가 만든 첫눈이었죠. 눈은 **소록소록** 조심스레 내렸어요. 사람들은 태어나 처음 보는 눈, 온 세상을 새하얗게 만드는 눈이 그저 신기했지요.

마침 큰 나무집 하나를 태우러 나왔던 화마도 놀랐어요. 처음 보는 눈에 눈이 휘둥그레졌지요. **사박사박** 눈을 밟을 때마다 나는 소리도 신기했고요. 속이 더운 화마는 드므에 **소복소복** 쌓인 눈을 집어 먹었어요. 마침 배도 고팠거든요. 눈은 정말 시원하고 맛있었어요. 화마는 허겁지겁 눈을 퍼먹다가 슬슬 졸려 집으로 돌아갔어요.

그 모습을 본 우사는 화마가 나타날 때마다 포슬눈이나 가랑눈을 만들어 뿌렸지요. **포슬포슬** 내리는 눈을 받아 먹은 화마는 한동안 쓰러져 잠들었어요.

그래도 눈이 녹으면 화마가 자꾸만 불을 일으키자 우사는 더 큰 눈을 만들었어요. 펑펑 쏟아지는 함박눈 말이에요. 화마는 **뽀드득뽀드득** 소리를 내며 눈밭을 뛰놀다가 굵고 탐스러운 눈송이를 있는 대로 주워 먹고는 스르르 깊이 잠들었어요. 기운 빠진 우사도 잠에 빠져들었습니다.

불행히도 우사보다 먼저 깨어난 화마는 이번에는 큰 산 하나를 통째로 불태워 버렸어요. 뜨거운 불기운에 잠이 깬 우사는 부랴부랴 더 큰 눈을 만들었어요. 그야말로 폭설이었지요. 화마는 **푹푹** 눈밭에 큰 발자국을 남기며 신나게 뛰놀다가 이내 실컷 눈을 퍼먹고는 다음해 봄까지 긴 잠에 빠졌어요.

비로소 사람의 소원이 이루어졌습니다. 우사는 이 기쁜 소식을 세상에 알리려 했어요. 그런데 이를 어쩌면 좋을까요. 사태눈이 쏟아져 눈사태가 나면서 마을이 사라지고 말았습니다. 그 사실을 안 순간 털썩 주저앉은 우사는 봄눈처럼 **스르르** 녹아내리고 싶었습니다.

아름답고, 쓸모 있기를

의성의태어의 숲을 헤맨 시간은 벅찬 기억으로 남을 듯하다. 다만 오래도록 그 숲에 머문 자로서 그 숲에 보다 어울리는 이름을 제안하려 한다. 의성의태어는 순우리말인데 그 명칭만은 한자다. 아예 우리말 명칭이 없지는 않지만 널리 쓰지 않는다. 소리나 모양을 흉내 낸 말이라고 '흉내말', 흉내와 비슷한 뜻의 시늉을 덧붙여 '시늉말', 혹은 '상징어'라 하는데 뭔가 딱 들어맞는 이름이 아닌 듯했다.

의성의태어는 소리와 모양의 겉만을 흉내 내고 시늉하는 말이 아니라 그 뼈대, 곧 근본을 본뜨는 말이니 '본뜬말'이라 하면 어떨까. 그러고 보니 의성의태어라는 용어를 어렵게 만든 한자, 의(擬)에도 '본뜬다'는 뜻이 있다. 성어(聲語)와 태어(態語)도 우리말로 풀어 '소릿말'과 '모양말'이라 하면 보다 적당하겠다.

글을 다 쓴 다음, 이름에 대한 아쉬움이 드는 한편 의성의태어가 우리에게서 멀어진 이유 또한 궁금했다. 소리와 모양을 본뜬 의성의태어는 어감이 뛰어나 글로 썼을 때보다 말로 했을 때 보다 실감난다. 전래동화처럼 입에서 입으로 전해지면서 그 뜻에 맞게 어감도 발달했을 터인데, 어쩐 일인지 요즘은 입말로 잘 안 쓴다. 어린아이가 한글 깨칠 때 배우는 말, 동화나 동요에나 등장하는 말 정도로 여긴다.

흔히들 효율성과 편리성을 이유로 'ㅋㅋㅋ, ㅋㄷㅋㄷ, ㅠㅠ' 등 닿소리나 홀소리만으로 감정을 표현한다. 단언컨대 의성의태어가 보다 쓸모 있는데, 왜 쓰지 않을까. 이러한 의문은 곧 이 책의 중심축이자 원동력이 되었다. 이 책의 주안점을 '실용성'에 둔 이유가 여기에 있다.

언제라도 자유롭게 의성의태어를 구사하도록 일상의 다채로운 상황(때)을 정하고 그에 알맞은 의성의태어를 골라 실었다. 여러 의성의태어의 뜻을 한눈에 파악하도록 그래프를 만들었고, 맥락을 보다 잘 이해하도록 비슷한 뜻을 가진 단어를 묶어 설명했다.

의성의태어를 일상에 보다 잘 활용하는 데 도움이 되고자 여러 의성의태어를 넣어 새로 지은 이야기도 함께 실었다. '창작한 이야기 말고 일상의 글쓰기에는 적용할 수 없을까, 비애가 깃든 문장에도 잘 어울릴까'하여 다음과 같은 글쓰기도 시도해 보았다.

1

"순구야! 그 짝에도 **달래달래** 봄이 왔냐? 여그는 꽃이 **조랑조랑** 허벌 나다. 다들 좋다고 **헤실헤실** 난린데 나는 짠하고 징혀서 차마 못 보겄 다. 저 꽃 진 자리마다 버찌가 **송알송알** 맺힐 거인디, 그기 다 자식 새 끼인디, 가을이면 저 새끼들 다 **훨훨** 떠나갈 거인디, 그 맴이 월매나 **가리 가리** 찢어지는지 알고나 저래 꽃을 피워 쌌는지."

벚나무 그늘 아래에서 순구 어미는 순구의 봉분을 **토닥토닥** 두드린다. 어릴 적 **새근새근** 잠든 순구의 등을 도닥이던 기억을 떠올리는 순간, 어미의 손등 위로 하이얀 꽃잎 한 장이 **나풀나풀** 내려앉는다. 꽃잎은 순구의 살결처럼 **보들보들** 보드랍고 연하다. 차마 꽃잎을 떨쳐내지 못 하는 어미의 눈에 **그렁그렁** 물이 고인다. 넘치면 강물이 될까, 어미는 눈물을 삼키려 **퍼뜩** 고개를 젓는다.

벚꽃으로 온 하늘이 새하얗다. '**해뜩발긋** 보얀 벚꽃 송이가 꼭 우리 순 구 **벙글벙글** 웃는 얼굴을 닮았구나!' 꽃 같은 자식이 그리워, 속울음 삼 킨 세월이 서러워 어미는 **까슬까슬** 벚나무 둥치에 기대어 운다. 눈물 마저 곧추서지 못하고 **꺽꺽** 허리를 꺾는다. 자식을 잃은 어미의 찢기 는 울음에 **파르르** 몸을 떠는 벚나무. 끊어진 애를 달래려 어미의 눈물 자리마다 **오소소** 꽃잎을 날린다.

- 이 땅에는 유독 사오월에 꽃 같은 자식을 잃은 부모가 많다는 생각에 추모의

  마음을 담아 SNS에 남긴 글.

2

니글니글 에스프레소에도 **어리마리** 졸리는 오후! 연극 대본을 든 그녀가 **사뿐사뿐** 걸어와 곁에 앉는다. **웅얼웅얼** 입속말도 없이 묵독으로 대사를 외는 그녀는 **차근차근** 언어의 성(城)을 옮겨 짓는데, **거슴츠레** 뜬 눈을 비비적비비적 비벼대는 글쟁이는 언어는 어느 바다 생선이냐며 관자놀이만 긁적이다가 옥상에 올라 **속삭속삭** 간지러운 봄 햇살을 쬐고서야 **꾸물꾸물** 기지개를 켠다.

이번에는 인간 개체의 비루함에 대해 **조잘조잘** 떠들어대니 그녀가 **나직나직** 타이른다. "광야에서 신을 만나는 거예요." 그녀는 단정한 강정을 남기고, 나는 달디단 사탕을 쥐어 주었다. 저기 햇살 사이로 그녀가 **발밤발밤** 걸어간다. 그녀는 누가 보낸 금발의 사자(使者)인가. 호접몽을 꾸듯 눈앞이 **아른아른** 부예진다.

– 원고 작업 중인 카페에 찾아 온 친구에게 고마운 마음을 담아 SNS에 남긴 글.

우리말 출판사, 이응이라는 새 판에서 선보이는 <후 불어 꿀떡 먹고 꺽!>은 기존에 선보인 바를 두루 고쳐 다듬은 새 판이다.

이 책을 읽는 독자가 여전히 **피식** 말고 **해죽** 웃기를 바란다.

이응 0003

후 불어 꿀떡 먹고 꺽!

새 판

20가지 때 2000가지 의성의태어

지은이 장세이

1판 1쇄 발행 2016년 10월 14일
1판 5쇄 발행 2021년 8월 24일

2판 1쇄 발행 2024년 5월 27일

펴낸이 장세영
펴낸곳 이응

등록번호 제2022-000010호
전화 070-4224-3030
팩스 0303-3442-3030

전자우편 oioiobooks@naver.com
인스타그램 instagram.com@oioiobooks

디자인 박지현
인쇄 상지사

Copyright ⓒ 장세이, 2024
ISBN 979-11-980578-3-9 03800
값 17,000원